알러지

알러지

발행일	2018년 12월 28일		
지은이	권 하 예		
펴낸이	손 형 국		
펴낸곳	(주)북랩		
편집인	선일영	편집	오경진, 권혁신, 최예은, 최승헌, 김경무
디자인	이현수, 김민하, 한수희, 김윤주, 허지혜	제작	박기성, 황동현, 구성우, 정성배
마케팅	김회란, 박진관, 조하라		
출판등록	2004. 12. 1(제2012-000051호)		
주소	서울시 금천구 가산디지털 1로 168, 우림라이온스밸리 B동 B113, 114호		
홈페이지	www.book.co.kr		
전화번호	(02)2026-5777	팩스	(02)2026-5747

ISBN   979-11-6299-485-6 03810 (종이책)   979-11-6299-486-3 05810 (전자책)

이 도서의 국립중앙도서관 출판예정도서목록(CIP)은 서지정보유통지원시스템 홈페이지(http://seoji.nl.go.kr)와 국가자료공동목록시스템(http://www.nl.go.kr/kolisnet)에서 이용하실 수 있습니다.

권하예 시집

알 러 지

북랩 book Lab

목차

1부: 회상

3부: 적막

1부

회
상

바람을 맞으면 새가 됩니다

바람을 맞으면 새가 됩니다.

그리고 기억 속에 있는 것들을 털어내고

백치처럼 살고 싶을 때가 있습니다.

파도 소리가 들리면 주름진 뇌의 구석구석을

소금물로 씻어내는 듯합니다.

그냥 아름다운 경치가 마음의 상처를 치유하는 약이 되기도 합니다.
번잡하게 살지 말고 그냥 조용히 살라고 합니다.

알러지

왜 지구는 이렇게 육지보다 바다가 많을까요?

그리고 저 심해에는 무슨 생존의 법칙이 지배하는 것일까요?

등대는 어느 배를 향해 손짓하는지?

당신은 무엇을 하고 계십니까?
지난날을 그리워하는 것을 시간은 어리석다고 강변합니다.

등대로 내려가는 길을 따라
지나간 세월의 좁은 길들이 허덕거리며 내려가고.

저 바다에 홀로 떠 있는 저 자유로움이

진정 이 태평양 속에 떠 있는 이 섬의 정체성을 이야기하는 것

같습니다.

알러지

그러나 때론 파도가 이빨을 드러내고

그렇게 바쁘게 살지 않으면 안 되었던

내 지난날을 옹호합니다.

그땐 그 나름대로 최선이었다고.

이 세상에 태초에 한 점으로부터 시작해

그 뜨겁던 무한 밀도에서 흙이 생기고 풀이 나고

바람과 사람이 생기고, 그리고 애증의 그림자를 드리우면서

좁은 차원이 내 모든 것인 양 그렇게 살아왔습니다.

알러지

풀은 풀대로 바람은 바람대로 그렇게 두기를 바랍니다.

그대가 그대의 모든 것을 버릴 수 있을 때

그대는 진정한 자유를 가지고 될 것입니다.

예수께서 말씀하시되 '진리가 너희를 자유케 하리라' 하셨는데

그 진정한 진리는 어디에 있습니까?

당신은 그 진리를 가지고 계십니까?

당신은 행복하십니까?

무작정 도망가듯 제주행 비행기에 몸을 싣고 제주의 풍광에 빠져
혼자 밤을 지새운 적도 여러 번 있었습니다.
그 제주의 바다가 이런 물빛이었지요.
당신들이 어우러져 마신 술과 지난 세월의 이야기들은
모두 이런 바다 이야기였겠지요?

알러지

저 고목들처럼 세월을 견디는 나무가 되십시오. 당신은 강하니까.

그리고 영원의 시간 속에서 진리를 가지는 생명이 되십시오.

당신들의 천국은 당신의 마음속에.

(2004)

사진: 권하예

길 위에서

아주 긴 길을 걸었네.

아무 생각도 없이 앞만 보고 걸었네.

햇살이 따뜻했고 가끔씩은 비바람도 불었지.
나무는 빛났고 숲은 조용하지만 깊이가 있었지.

그대 떠난 날부터
난 길을 걸었네.

새들은 길옆으로 난 조그만 개울 속에 서 있고
난 그들 옆으로 걸었네.

알러지

이제 그 길이 어디로 이어지는지
난 알 수가 없지만

난 아주 긴 길을 걷고 있네.

새들은 창공을 날아야 하고
계절이 바뀌면 눈도 내려야 하리.

그대 떠난 날부터
난 어디론가 가야 한다고
계속 걷고 있네.

(2018)

떠난다는 것은

떠난다는 것은 모든 정보를 차단하는 것과 같다.
나를 구성하고 있는 물질과 바람과 한숨의 숨결마저도 이별

그대 언제부터 떠나려고 했었나?
아마 우리가 처음 만난 날부터

이제 저 하늘의 햇살과 바람과
풀과 나무들의 모습마저도 등지고
그대는 떠나고

알러지

그대 한 번만 더 남아 준다면
허상의 시간과 공간을 모아 당신께 드릴 것을.

차가운 시간의 조각을 모아
가장 아름다운 새로 하늘을 날 것을.

(2018)

북해도(北海道)

아마 모든 순결한 것들만 있는 세상이라면
이러지 않았을까?

온 세상이 하얀
그래서 내 몸의 색들도 마치 하얀색으로 변할 것 같은.

세상에 하나밖에 없는 눈의 나라.
그 세상에는 어떤 생각도 깃들지 않는다.

처음 그대를 만난 날처럼

아주 오래전 청순하고 여린 그대의 모습에서
오늘 울어대는 이 북해도의 바람을 보았나니.

알러지

침묵과 바람과 약간의 어둠이 혼동된 내 모든 비겁함의 정수여.

안개등이 차츰차츰 밝아지고

난 다시 어디로 가야 할지 모르는 정신을 놓친 짐승이 된다.

그대 처음 만난 날처럼

다시 이 북해도의 눈밭에서

다시 한번 그대를 안아 보았으면.

우리 다시 저 공간에서 떨어져도

다시 한번 이 세상에서….

(2018)

맨재에 앉아

맨재에 앉아 5월의 햇살과 바람을 본다.
저 깊은 계곡 아래 넓은 들녘과 숲은 고즈넉하다.

눈을 감는다.
내 귀에는 오직 바람 소리와 하늘을 나는 새 한 마리 날갯짓 소리.

우주가 생기고 난 후부터 지금까지 모든 것들은
오직 이 순간에 모여 있고 나는 지금 여기 있다.

나를 잃어버린 시간이 얼마였는가?
당신은 지금 어디에 있는가?

알러지

가부좌를 튼 내 모습은 저 멀리 사라지고
내가 없는 이 세상에
다른 차원에서 혼자 있는 나를 본다.

바람이여 그대여
나를 데려가라.

빛보다 빨리 팽창하는 이 공간의 호젓함이여.

(2018)

* 맨재 : 계룡산의 한 조그만 능선 이름

6월의 원통(元通)

매년 6월이 되면 그 바람이 그립다.
피부를 스쳐 가는 감미로운 바람과 적절하게 따뜻한 바람.

옥수수는 익어가고
길 양옆으로 서 있는 산들이 천천히 허리를 굽혀 보고 있는 곳.

한계령과 진부령이 갈라지는 길.
하늘이 허락하면 검푸른 동해도 볼 수 있는 곳.

밤이면 수많은 별들이 촘촘히 박혀
은하수 넘어 긴 별들의 떠남을 볼 수 있는 곳.

하늘은 좁고 산들이 많이 있지만
마음의 크기는 다르다.

알러지

꼭 6월이어야 한다.

원통의 바람은 그런 것이다.

무엇일까?

밤마다 그런 느낌을 가져오는.

가야 한다는.

원통의 사람들은 추운 계절이 긴 시간과 동행하지만

6월이 되면 그 긴 시간에 대해 보상을 바람으로 받는다.

또다시 당신은 원통의 6월을 생각하는가?

(2018)

보르도(Bordeaux)

그대 마음이 지치고 힘들 때 7월의 보르도로 오라
키 높은 하늘, 녹색의 포도 바다.
낮은 언덕과 숲들이 있는.

바람은 따뜻하고 고성(古城)들이 침묵하는 보르도로 오라.
숲은 지친 그대를 치유하고 모든 시름을 잊게 하리니.

끝없는 포도의 바다와 넘실대는 녹색 물결.
숲의 지평선, 하늘과 땅이 붙어 있는.
아! 그대를 처음 보았을 때처럼 나도 그랬나니.

풍경이 저절로 그대를 감싸 안고
가슴이 저린 모든 눈물과 한숨을 데려가리.

알러지

우리는 무엇을 위해 살아왔나?
다 부질없는 것일 거니.

그대 지친 그대여
7월의 보르도로 와서 한순간 쉬어가라.

침묵과 고통의 한가운데 서서.

(2018)

꽃

그대 꽃 앞에 앉아 있네.
5월과 6월, 7월의 꽃은 4월의 꽃보다 더 아름답다.
3월과 4월의 꽃은 겨울을 이겨낸 전사와 같은 힘이 있지만

5월과 6월, 7월의 꽃은 절정에 있다.
그대는 꽃보다 아름답다.

이제 그대 슬퍼하지 말고
아름답게 피어나라.

알러지

밤은 밤대로 별들과 이야기하고
낮은 낮대로 햇살과 바람과 친구 하라.

낮은 담벼락으로 피어 있는 장미와
화사하게 핀 수국.

그대와 함께라면 더 좋을 텐데
그대는 어디에 있나? 우주의 끝으로 가버린.

(2018)

발렌시아(Valencia)

태양은 작열하고 지중해는 푸르르다 못해 검다.
모든 것은 정지해 있다.

태양이 모든 생명의 근원이라면
너와 나는 저 바다에서 태어났다.

모든 것은 그곳으로부터 시작되었다.
어디로 가야 태양을 피할 수 있나?

알러지

사람들은 너무 자유로운 영혼
너도 나도 모두가 자유로운 영혼

모든 것을 벗어 던지고
나는 저 바다와 태양 속으로 들어가고 싶다.

그리고 그대와 한몸이고 싶다.

그대는 지금 저 해 속에 있나?

(2018)

새벽에 기대어 서서

아직은 빛이 얼굴을 내밀지 못한 시간
침묵과 아우성이 교차하는 시간의 축에 서 있다.

이제 저 어둠은 숲의 어둠을 걷고
대지를 조금씩 비추리라

조그만 3.5킬로그램의 뇌에서 느끼는
우주의 무거움이여

이 어둠처럼 내 생의 모든 것을 누르고 있는
너무 긴 여정처럼

알러지

조그만 빛이라도 천천히 오라
나는 그대를 작렬하는 태양으로 키우고 싶다.

아직 어둠은 저 들판 넘어로부터 오지 않는다.
새벽은 길기만 하다.

(2018)

시간의 흔적

새, 그대가 없다면 하늘은 허무하리
물고기, 그대가 없다면 강과 바다는 허전하리

이 세상에 꼭 맞는 빛깔로
그대도 이 세상에 있어서
나는 안도한다.

이 시간에는 그대가
그 시간에는 또 다른 그대가 필요했다.

싯다르타는 싯다르타의 시간에
예수는 예수의 시간이 있었고
나는 내 시간에 있다.

알러지

시간의 흔적이 남아 있는 그 지문을 찾으려 한다.
그러나 그대는 모든 것을 초월한 존재가 되었다.

우리가 나누었던 이야기들은 어느 시간의 왜곡된 곡면에 존재하는가?
다시는 그 시간을 가져올 수는 없는가?

나는 묻는다.
너의 시간은 언제이었나?

또 우리는 어떤 시간의 흔적을 지워가고 만들어 가는가?

(2018)

어둠과 침묵

내 처음 우리가 만난 날
눈도 내리고 엄청 추웠지.

나는 한강의 언덕을 넘어 라플라타강에 지는 해를 보고 있었네.

예수가 거닐던 예루살렘의 언덕 뒤로
바람이 분다.

그의 푸른 눈 속에 갈릴리 호수 위에
낙엽이 진다.

그리고 호수 위에 지는 인간들의 모습 속에서
침묵은 고요 속에서 머문다.

알러지

정말 그대가 날 사랑했다면
오늘 다시 한번 날 불러다오.

저 호젓한 공간과 영원한 시간 속에서
조용한 길을 걷고 있다.

그리고 옛날을 되돌아보고
한없는 시간을 연결하고 싶다.

인간이 단순히 물고기에서 시작되지 않았다는 믿음이
나로 하여금 그대를 이 호수 위에 어둠으로.

(2018)

별

밤하늘에 별이 없다면 내 소망도 없다.

밤하늘의 별을 볼 수 없는 시간이 너무 오래되어
별을 잊은 지가 너무 긴 시간이 흘렀다.

무엇을 찾으러 고통의 긴 시간을 흘려보냈나?
아무런 소득 없는 시간과 시간의 흐름.

침묵 속에서 흐느끼는 시간의 절규.
별 속에는 처음과 끝이 있고

내가 처음 그대를 볼 때처럼
가슴 뛰는 때가 아로새겨 있는데

알러지

별은 어디서 태어나 어디로 가는가?
나는 그리고 당신은 별의 아들인 것을.
사람의 아들이었나?

흐름은 무엇인가?
이 뒤틀어진 시공간 속에서
별의 찬란한 잔해를 보고 있다.

그대여
다시 태어나라.

그리고 영원의 시간 속에서
모든 에너지를 다시 모아
나를 데려가라.

(2018)

망상

한때는 내 그대를 사랑한다고 믿었다.
하늘의 별과 땅의 바람에 맹서했었지.

나의 의식도 시간에 빛바래가고
수많은 흔적을 지워버리고

나도 저 공간의 한 귀퉁이에서 생겨나
억만겁의 시간이 흐른 뒤
지금 내 살과 피와 혼이 존재한다.

십자가에 서 있는 예수여
두려움과 환희 속에서 무엇을 보았나?

알러지

사람의 아들로
신의 아들로

왜 유다의 젊은이를 나는 기억하는가?

피와 살이 분리되고
다시 허허한 공간으로 되돌아간다면

나의 무엇이 남아
이 공간 속에서 시간 속에서 헤맬 것인가?

(2018)

오슬로(Oslo)

도시는 조용하다.
북구의 어둠이 천천히 내리고
하나둘 가로등이 노란빛을 내뿜으면
거리는 하나의 풍경이 된다.

사람들은 저마다 거리에 앉아
이야기를 나누고 술을 마신다.

뭉크의 절규
이 세상에 저만큼 불안을 잘 묘사한 외침이 있나?

언덕에 걸린 하늘은 붉고
나도 외치고 싶다.
미치고 싶다.

내 마음을 오랫동안 지배해 왔던
과거에 대한 미움과
미래에 대한 불안을.

알러지

도대체 무엇이었나?

떠난 소녀는 지금 별이 되어 있나?

이 세상의 모든 것들이 당신을 행복하게 할 수 있다면

이 절규는 태어나지 않았으리.

존재에 대한 희미한 떨림이 심연에서 커가서

나는 어디서 오고 어디로 가는지 몰라

오늘도

오슬로 이 북구의 도시에서 헤매고 있다.

당신을 그리며.

(2018)

한강변의 아파트와 라플라타강에 지는 낙엽 1

예수는 고개를 들어 먼 산을 바라보았다.
이 땅 위에서 돌 하나 나무 하나 꽃 하나 대지를 딛고 일어서고
외로운 새 한 마리 머리 위를 돌고 있다.
이 언덕으로 부는 바람은 갈릴리로 오는 바람

젊은 여인들의 우는 소리는 이미 들리지 않았다.
하늘로부터 내려오는 고독과 평화
어찌 나를 버리시나이까?
비 맞는 먼 산은 고요히 명상하고 못 박힌 손을 들어
흘러내리는 머리칼을 쓸어 올리고 싶었다.

암스트롱이 찍어 온 허공에 떠 있는 푸른 지구
예수의 빈 무덤만 있고 그의 제자들 지금까지 살고 있다.
내가 사흘 만에 이 성전을 이루리라.
그리운 파도 가슴으로 들리고.

알러지

순간에서 영원으로의 길
이 땅에서 받는 사치스러운 고통과 고뇌의 길
그의 움푹 들어간 눈 위에 비치는
한강에 내리는 빗물

너와 나의 사랑 한강 위에 흐르고
그리운 너의 피부
네가 나를 사랑하느냐?

(1979)

한강변의 아파트와 라플라타강에 지는 낙엽 2

예수가 십자가 위에 서 있을 때
한강에는 눈이 내리고 있었다.

나는 그 눈을 맞으며
하나 피고 있는 꽃을 바라보았다.

사념은 너와 나의 뒤에 숨고
나는 눈을 감아 버렸고

고통이란 사치품
벽 기대어 흔들리는 나무 끝을 바라본다.

알러지

지도를 펴고 부질없이 이우는 목숨
라플라타강에 지는 낙엽처럼
예수의 가슴속 그립던 것이 되고

지금 다시 피는 꽃과 너의 가슴속 사랑은
길 없는 예수의 서러운 눈빛처럼
이 땅에는 존재하지 않는다.

(1979)

'39257841335번째 제외된 인간'을 그리워하며

오랫동안 잊어 왔던 이 인간을 찾고 싶다.
내 기억 속에서 화석이 되어 버린 이 인간을

아주 오래전 나의 분신이었는데
지금은 내 뇌 속에서 사라져
우주의 끝 어디에선가 헤매고 있을 인간

그대는 어디에 있나?
다시 돌아올 수 있나?

알러지

차가운 겨울바람 어디선가
날카로운 빌딩의 모서리에 서서
따뜻한 햇살을 그리워하던

유년의 생각은
지금 다시 없다.

너를 찾는 것이 진실인가?
아니면 그냥 잊혀지길 바라는가?

너를 다시 보고 싶다.

(2018, 1978년을 그리워하며)

먼저 가버린 사람에게

새들은 시냇가에 죽은 듯이 서있다.
차가운 새벽, 물안개가 올라오는 그 시간을
견디어 내고 있다.

그대가 다시 온 것인가?
바람을 그리워하고
내 모습을 좋아하던 그 사람은 다시 오지 않는다.

알러지

나는 알고 있다.
언젠가 우리가 다시 만나
저 새가 될지
물안개가 될지
시내가 될지 모르지만
우린 다시 만난다.

내 뇌수가 흘러내려
모든 신경망이 흩어져
서로가 연결되지 않고 유년으로 돌아갈 때

우린 다시 만나리

(2018)

2부

알
러
지

북한강에서

혹시 당신은 Key West를 가본 적이 있습니까?

플로리다 끝 섬들을 연결한 다리와 다리들, 그들은 멕시코만과 대서양을 갈라놓고 에메랄드빛으로 빛나는 바다에 반사되어 하늘 위로 연결되어 있습니다. 마치 저주받은 숲 속의 뱀처럼 꼬리에 꼬리를 물고 쿠바로 길게 늘어선 열도를 연결한, 하늘은 마치 푸른 물이 뚝뚝 떨어질 것 같은, 그래서 내 흰 티셔츠가 금세라도 파란색으로 물들 것 같은 그런 하늘 밑으로 가본 적이 있습니까? 길가에 늘어선 야자수와 낯선 집들은 이국적인 풍경을 연출하고 마음씨 좋게 생긴 뚱뚱이 아줌마들과 구레나룻 난 검은 중남미의 강인한 인상을 주는 그런 눈빛을 본 적이 있습니까? 저의 기억 속에서 그들은 살아서 움직이고 밤마다 후덕거리는 숨 막히는 바람입니다.

알려지

하예에서 서진으로 오는 길은 참으로 많은 인내를 필요로 합니다. Key West로 가는 길처럼 평면상의 뱀 모양이 아니라 언덕을 기고 있는 뱀 속을 가는 듯한 느낌을 받습니다. 북한강을 끼고 가는 길들은 참으로 어렵게 연결되어 있고, 뒤틀려 있는 우리네 현실과도 비슷합니다. 저는 이 길을 자주 왕래하면서 양자역학을 뛰어넘어 초끈이론에서 주장하는 잃어버린 일곱 개의 차원이 이 길 위에서 왜곡되고 찌그러져 어딘가 엎드려 숨어 있는 것이 아닌가 하는 착각을 가끔씩 하곤 합니다. 그러다 갑자기 그 숨어 있던 차원들이 활짝 펼치며 나타나 저를 감싸 안으며 다른 시공의 세계로 데려가지는 않을까 하는 불안감에 휩싸이곤 합니다.

아인슈타인 박사는 제게 모든 것이 상대적이라고 말합니다. 그는 절대성을 거부합니다. 그는 밤마다 나타나 빛도 휘어가는 시공간에 대해 이야기합니다. 아마 그는 우리의 시공간을 제대로 이해한 최초의 인간이었다고 저는 믿습니다. 절대성과 신앙을 그로 하여금 잠시 다른 곳에 내려놓았습니다. 그러나 요즘 저는 그 절대성을 더 찾고 싶은 생각이 간절합니다. 우리가 서로 사랑한다고 이야기했던 것이 그 시간과 공간에서만 가능했던 것일까요? 가장 사랑하는 사람이 가장 증오하는 敵이 된 적은 없습니까? 그 절대적이든 상대적이든 은하수가 길게 걸린 깨끗한 밤하늘을 당신은 가끔은

보십니까? 총총히 박혀있는 별들, 그러나 그 빛은 수억 년 아니 수십 억 년 전에 출발했을 수도 있는 빛입니다. 윤동주가 노래한 '별 헤는 밤'에서는 '별빛이 내린 언덕 위에 부끄러운 이름자를 써 보고는 지워버렸다'고 이야기하지 않았습니까?

서진에 혼자 생활한 지 이제 일 년이 다 되어 갑니다. 서진은 유다의 광야처럼 참으로 척박한, 생활하기는 재미없는 곳이지만 밤하늘 하나만큼은 참으로 아름다운 곳입니다. 저는 이곳에 올 때 뱀에게 사로잡힌 들쥐처럼 식도를 통과하고 위장을 지나 내장으로 들어올 때 북한강의 향기를 맡으며 차창으로 사라져 가는 나뭇잎의 그늘 속을 통과해 왔습니다. 아내와 아이들은 멀리 떨어진 채 혼자 주어진 시간을 고민하며 보냈습니다. 가을을 맞이했고 엄청난 눈이 온 겨울도 보냈습니다. 세월을 느끼는 나이가 된 지금 이제 너무 빠른 시간이 부담으로 다가옵니다. 이루어 놓은 것은 없고 이제 살아있을 시간이 살아온 날보다 짧다는, 항상 그렇지만, 감상에 잠시 잠겼습니다. 젊은 날 남보다 조금은 색다른 시간을 보냈습니다. 도전했습니다. 어려운 것에, 전혀 아닐 것 같은 분야에. 가지 않은 길을 가려고 부단히도 노력했습니다. 한두 해 전까지만 해도 자신이 있었습니다. 새로운 길과 새로운 환경에서도 잘할 수 있으리란. 그러나 이제는 자신이 없어졌습니다. 이제는 정말 힘들

알러지

어도 이 생활이 편합니다. 새로운 길을 가는 친구를 보면 부럽기도 합니다.

저는 기억합니다. 너무 많은 것을 기억하고 있어 뇌세포가 무거워 가끔씩은 편두통을 앓습니다. Short term 기억구조는 잊어주어야 할 것은 빨리 잊고 Long term 기억구조는 아름다운 것만 기억했으면 좋겠습니다. 그러나 초등학교 시절 자잘한 것을 기억하는 저는 참으로 비효율적인 기억구조를 가졌다고 혼자 생각합니다. 그래서 그 시절의 사람들이 가끔씩 나타나 저를 비난하고 흉을 보기도 합니다. 기억하지도 않았다고 생각하는 소녀가 다 큰 모습으로 나타나 놀라기도 합니다. 무엇입니까? 당신은 바람입니까? 아니면 뇌 속에서 잠시 나타났다 사라져 가는 일그러진 잔영입니까? 어떨 땐 그 시절을 기억하는 뇌 한 부분을 떼어 알코올에 담가 놓고 외출을 하고 싶은 생각이 듭니다. 그 시절의 친구들을 만나는 것은 내가 그들을 사랑해서가 아니라 그 잔영이 실체를 가진 것인가를 확인하고 싶은 것은 아닌가요?

적들이 새까맣게 몰려옵니다. 그들은 뇌의 주름 계곡을 타고 바람처럼 빠르게 맹수처럼 포효하며 다가옵니다. 저는 그들이 두렵지 않습니다. 먹을 것이 없는 귀뚜라미는 힘 약한 동료를 잡아먹습니다. 저 역시 그들을 잡아 먹이로 삼고 며칠은 먹지 않고 깊은 잠을 자고 싶습니다. 그래서 잊을 것은 잊고 신화가 현실로 되어버린 현실을 기억하고 싶지 않습니다. 이제는 속지 않을 것입니다. 저는 이제 다시 깊은 산속으로 들어가야 합니다. 이 시간은 제게 많이 주어진 시간은 아니므로 저는 Key West의 깊고 푸른 하늘과 West Virginia의 구릉과 갈색 톤의 풍경과 북한강에서 흐르는 조용한 물빛과 세월을 싯다르타가 추억했던 깨달음의 언덕 위를 묘사하는 그런 가슴으로 간직하겠습니다. 갑자기 부끄러움이 몰려와 온몸을 감싸고 뱀처럼 저를 감고 있습니다. 모두들 행복하십시오.

(2001)

알러지

Equilibrium State

열의 출입이 차단된 고립계에서는 엔트로피가 감소하는 변화는 일어나지 않고 항상 엔트로피가 증가하는 방향으로 변하고, 결국에는 엔트로피가 극댓값을 가지는 평형상태에 도달한다(열역학 제 2법칙)

그는 까까머리 소년이었을 때 낡은 물리학책에서 배운 그 법칙이 새삼스레 머릿속에서 맴돌며 뇌세포를 짓누르고 있다고 생각했다. 그는 그 시절엔 열역학 제2법칙이 단순히 수많은 물리법칙 중 하나라고만 생각했다. 그러나 그의 나이 마흔을 막 넘긴 지금, 열역학 제2법칙이 엄격하고 단호한 모습으로 그를 지배하고 있다고 생각했다. 흐트러진 방 안은 에너지가 투입되지 않으면 다시 정돈되지 않고 세월이 흐르면 아리따운 소녀도 늙게 되어 다시는 그 시절의 젊음으로 되돌아갈 수 없다. 이 법칙은 사회적 현상에서도 의학적 견지에서도 갈등과 상처가 초깃값에서 출발해 팽창하고 결국은 소멸하는, 소녀의 조그마한 가슴이 처녀의 풍만한 가슴이 되고 다시 볼품없는 것으로 변화하는 상태와 비슷한, 평형상태에 도달해 모두가 이해가 되는 -엄격한 입장에서는 모두를 만족할 만한 솔루션은 없지만- 상태가 된다.

그는 어제 마신 술로 인해 심한 편두통을 앓으며 온종일 멍한 상태로 누워 있었다. 그의 몸도 고통과 아픔의 시간을 지나 곧 평형상태로 도달할 것이다. 그는 잠시 착각을 했다. 그를 둘러싼 육면체의 방안 벽들이 조여들어 숨막히게 하고 마침내는 그의 신체 Size에 딱 맞게 멈추어 서버렸다. 짙은 어둠이 몰려오고 푸른빛이 그의 망막 안에서 반사되어 아주 먼 가늘고 긴 통로를 형성하는 듯했다. 어디선가 들려오는 아주 아득한 아이의 우는 소리, 연한 정체불명의 색채로 볼품없이 채색된 아파트 앞에서 뛰어노는 사내아이들과 계집애들의 재잘거리는 소리가 들리는 듯했다. 그것은 수십 년을 뛰어넘어 그가 어렸을 때 그토록 길고도 먼 길이라고 느꼈던 초등학교 가는 길 위에서 만들어진 유년의 모습과도 같다고 그는 잠시 위로하며 두 팔을 움직이려 했다. 그러나 그를 둘러싼 좁혀진 벽들은 거부했다. 목을 움직여 보아도 그는 움직일 수가 없었다. 벽들은 그를 둘러싸고 손가락질을 하며 비난했다. 도덕적 위선을, 철저히 은폐된 허위를, 그리고 전혀 다른 두 개의 Mode를. 그

알러지

는 가만히 눈을 감고 그 비판을 겸허하게 듣고 있었다. 그는 두 손을 내밀어 그들과 타협하고 싶어 했다. 한 번만 용서해줘, 단 한 번만. 그러나 그들은 고개를 저었다. 에너지가 필요하다고 그는 생각했다. 외부의 에너지가. 그의 몸에서 투입될 수 있는 모든 에너지는 이제 고갈된 상태다. 그는 실은 빈껍데기만 남은 것이다. 나이가 마흔이 들면서 불은 몸과 뱃살은 사실 눈의 일그러진 영상이 빚어낸 허상이었다. 그의 몸무게는 실제 수십 그램도 지나지 않는다고 그는 생각했다. 며칠은 먹지 않고 버틸 수 있으리라 그는 위로했다. 그 수십 그램의 뼈와 살은 그의 마지막 에너지가 될 것이므로. 그러다 평형상태에 도달할 것이다. 그는 갑자기 독실한 기독교도에서 개종한 불교도가 된 듯한 느낌을 받았다.

엘리야가 광야에서 여호와에게 죽기를 간구하고 있었다. 텅 빈 광야는 수백 년 후 이 땅에 내려올 사람의 아들이 사십 일 동안 외로움에 지쳐 있을 광야를 예비한 것이었다. 엘리야 전 사람 이사야는 사람의 아들이 고난을 받을 것을 예언했다. 그러나 고난은 진정한 사람의 아들이 마지막으로 십자가 위에서 본 한강에 지는 낙엽과 라플라타강가에 흐르는 강물의 상관관계가 빚어낸 왜곡된 현상이었다. 그는 죽기를 각오하고 사랑했다. 무엇을? 빈 실체를. 풋사랑을 인생의 끝까지 가지고 가는 사람이 있을까? 사람의 아들이 말했다. "진리가 너희를 자유케 하리라." 엘리야는 다시 한번 간구했다. "제 목숨을 취하소서." 풋사랑이 이빨을 드러내며 저 멀리서 웃고 있었다. 그는 갑자기 엘리야가 바보와 같다고 생각했다. 몸을 움직여 벽을 밀쳐 보았다. 벽들은 뉴턴의 법칙처럼 작용할수록 같은 힘으로 그를 압박했다. 그들은 잘 훈련된 병사들처럼 힘을 합쳐 함께 덤벼들었다. 갑자기 공포가 엄습해 왔다. 결국, 그의 몸은 콜라 캔이 압축기에서 쭈그러져 부피가 절반도 되지 않듯 수축되어 평형상태로 귀결할 것이다. 그리고 진정한 자유, 그를 자유케하는 진리를 맛보게 될 것이다.

그러나 그의 반물질도 자유를 얻을 것인가? 그는 자신이 없었다. 어쩌면 그의 반물질은 소멸되어 사라졌을지 모른다. 그의 아내의 반물질은 좀 더 Soft하고 Tender할 것인가? 옅은 색으로 그의 망막을 스치던 빛은 이제 더 밝게 빛난다. 그는 탈출하고 싶었다. 어렸을 때 같은 반이었던 아이들의 열역학 제2법칙의 결과가 갑자기 스크린처럼 나타났다 사라졌다. 이제 제법 열역학 제2법칙에 잘 순응된, 수염이 나고 뱃살이 나오고 주름이 잡힌 얼굴들, 그들은 한결같이 웃으며 건강을 이야기하고 그들의 아이를 이야기하고 경제를 이야기한다. 유년의 폐쇄 병동에 갇힌 병자들처럼 서로를 보며 낄낄거린다. 실은 그들은 외로움에 지쳐 떠드는 것이라 그는 혼

알러지

자 생각해 본다. 이제 그들도 곧 싫증을 낼 것이다. 그리고 언제 그랬느냐는 듯이 모두 하나둘 떠나고 빈 광야만 남을 것이다. 그 광야는 먼 훗날 그 자리를 물려받을 또 다른 사람의 아들들이 채울 것이다. 심한 편두통의 고통이 폐쇄 병동을 탈출할 마지막 에너지라고 그는 확신이 들었다. 갑자기 그는 타인처럼 느껴 온 아내가 보고 싶은 충동을 느꼈다. 그리고 다 용서하고 용서받고 아내의 옆에서 죽음보다 깊은 잠을 자고 싶었다. Equilibrium State.

(2001)

Regression Analysis

통계학에서는 과거의 데이터를 근거해 미래를 예측하는 기법을 쓰고 있습니다. 시간의 궤적을 달리는 현재는 어느새 과거가 되어 화석화되어 가고 아날로그 방식이든 디지털 방식이든 당신의 기억 속에 기록된 빛과 그림자는 데이터란 이름으로 잠자고 있습니다. 오랫동안 잠자고 있는 데이터들을 살며시 핀셋으로 잡아내면 시간의 파편들은 조용히 구속의 울타리를 떠나 꿈틀거리지요. 화석화된 과거의 기억들이 어둠의 저편에서 살아 움직이면 그들이 지닌 속성을 우리는 포도즙을 짜내듯이 추출합니다. 어느덧 그들은 찢어진 조각의 의미에서 선지자 에스겔이 본 해골과 뼈들이 온전한 군사들이 되듯 완전한 하나의 개체를 이루어 내고 마침내는 미래를 예측할 정보를 제공합니다. 우리는 데이터들이 가진 오차의 외투를 벗어 던지면 첫날밤 어둠 속에서 목욕타월을 걸치고 서 있던

알러지

신부의 모습을 떠올립니다.

당신의 피부는 미끄럽고 부드럽습니다. 살며시 짐승의 앞발에서
진화된 내 손으로 당신의 가슴을 만지면 당신은 조용히 숨을 내어
쉽니다. 마치 비에 젖은 한 마리 어린 새처럼 당신은 당신의 모든
것을 내게 맡깁니다. 우리의 미래를 예측한다는 것은 신의 영역에
도전하는 것인지도 모릅니다. 더욱이 과거를 의지해 미래를 안다
는 것은 대단히 엄격한 가정에 갇혀있는지도 모릅니다. 그것은 시
간의 영역이 단절되지 않고 동질의 빛과 맛을 가지고 있다는 것을
의미하는지도 모릅니다. 당신은 다시 숨을 몰아쉽니다. 산소가 부
족한지도 모릅니다.

연어가 부화한 고향을 떠나 먼 심해에서 성장 후 다시 고향으로
돌아오는 것을 우리는 회귀본능이라고 합니다. 그들은 참으로 먼
길을 돌아 자신이 태어나고 자란 물가를 찾아 거슬러 올라옵니다.
위험한 과정도 있었겠지요. 커다란 물고기가 치어를 잡아먹으려
이빨을 드러내고 이리저리 눈을 부라리고 있을 수도 있었겠지요.
그들은 본능에 의해 생존하고 생식하고 죽음을 맞이하여 다시금
알을 부화시키려 고향을 찾습니다. 마치 당신이 온갖 세월의 터널
을 지나 모든 운명의 대면을 다 한 후 조용히 명상하는 부처처럼

화석화되듯 그들은 자기의 세월이 다했음과 그리움이 사무쳐 회귀하는지도 모릅니다.

우리는 우리의 삶의 오차를 잘 모릅니다. 그것이 피할 수 없는 변동오차인지 내 의지에 의해 벗어난 생의 일차적인 이탈인지는 당신도 판단하기 힘듭니다. 어떨 땐 참으로 참기 어려운 시련이 내 생의 가운데를 관통하는 불화살처럼 가슴이 뜨겁고 배반과 절망이 뒤섞인 혼돈의 세계로 느껴지기도 합니다. 가끔은 분노하고 또 가끔씩은 치유하는 과정을 반복하다 보면 나는 어느새 겨울 나라의 눈 덮인 호수를 생각합니다. 스위스에서 맑고도 커다란 호수에 지는 석양을 본 적이 있습니다. 정말 동화같이 예쁜 집들과 산들과 눈 덮인 언덕, 아 그곳에서 당신과 함께 조용히 살고 싶은, 아름답고 꿈같은 공간. 그러나 기차를 타고 이탈리아로 내려오면 어느새 우리는 창과 검이 번뜩이는 인간의 세상을 맞이합니다.

진부령과 한계령 또 미시령 정상에서 동해 방향을 본 적이 있습니까? 우리는 같은 시대와 공간을 공유하는 서로 다른 개체인지는 모르지만 정말 다른 세계를 살고 있습니다. 가끔씩은 몸을 부디끼고 웃으며 시원한 생맥주를 나누는지도 모르지만 정말 유년의 추억 외에 공유하는 부분이 있습니까? 동해는 출렁이고 더 큰 세

알러지

계를 향해 나아가라고 손짓합니다. 선형공간에서 확률공간으로 다시 더 큰 우리가 알지 못하는 n차원의 공간으로 우리는 확장해 나가다 보면 다시금 우리는 좁은 방 안에 갇혀 온종일 뒤척이는 당신을 발견합니다.

과거의 데이터들이 살아 칼을 들고 미친 듯이 덤벼들어 나는 그들을 막기에 다급한 전사가 됩니다. 나는 그들을 설득하고 이해시키고 진정시킵니다. 그리고 그들이 가진 오차의 부당함을 이야기합니다. 과거는 과거대로 최선이었습니다. 그들은 내가 참회해야 한다고 주장합니다. 저는 수긍합니다. 멀리 떨어진 아내는 저를 물끄러미 바라보고 있습니다. 첫날밤 신부는 이제 하루 한 번씩 건조한 안부를 묻는 기계음으로 저를 통제합니다. 모든 것이 살아있을 때 행복하고 더 큰 아름다움으로 빛날 것입니다. 우리 생의 한가운데에서 남은 시간의 예측은 무엇을 근거로 가능할까요? 정교한 수학 공식과 확률공간에서 춤추는, 그래서 아주 슬피 우는 새벽의 이름 모를 새처럼, 흐르는 물결 같은 것은 아닙니까?

당신은 제게 가장 아름다운 시간을 선사해 주었습니다. 지금은 그 시간들이 쌍곡선을 그리며 교차하며 비록 예수를 배반한 유다의 회한처럼 처절한 몸부림으로 추억하고 있지만요. 우리는 이제 생의 반환점을 돌은 마라토너인지도 모릅니다. 이젠 정말로 시간이 흐르는 것을 피부로 느끼고 있습니다. 깨어진 시간과 공간의 파편들은 다시 한번 더 서로를 부둥켜안고 새로운 시간을 이해하려고 노력합니다. 그 파편들을 합치는 데는 에너지가 필요합니다.

다시 저는 어두운 밤하늘을 쳐다봅니다. 제가 온 고향 같은 넓고도 차가운 공간. 마치 첫날 밤 신부를 안을 때처럼 긴장되고 행복합니다. 그 시간으로 돌려주십시오. 갑자기 지구의 한 모퉁이들이 생각납니다. 오사카와 도쿄의 거리가, 하와이의 와이키키 해변과 캐나다의 눈 덮인 거리와 낮은 집들이, Key West의 길고도 긴 정열의 바다가, 파리의 자유가, 런던의 소박한 거리가 그리고 이 서진의 빈약하고 척박한 거리와 소박한 5번 국도가 모두 제 일부분인 것을. 당신은 지금도 지인과 술자리를 하고 있습니까? 당신들 모두 어디 있습니까? 다시 돌아오십시오. Regression(回歸).

(2001)

알러지

Genetic Algorithm

어둠은 저 멀리 서 있는 나지막한 산에서부터 몰려옵니다. 그들은 순식간에 점령군처럼 마을을 점령하고 침묵을 강요합니다. 시골의 어둠은 도시의 그것과는 달리 이제 마을을 암흑 속으로 밀어넣습니다. 도시는 어둠 속에서 더 화려한 옷으로 갈아입고 우리를 흥분시키기도 하고 못생긴 여자가 네온사인 불빛 아래서는 그래도 쓸 만한 개체로 바뀌기도 하는 마술을 부리지만. 그래서 난시를 가진 뱀이 귀가 하나밖에 없는 들쥐를 포식하는 착각에 빠지는 것처럼 저는 이제 침묵해야 합니다. 마치 오래전 죽은 친구의 귀신을 봐서 바보가 된 머저리처럼 아무것도 모르는 멍청이가 되어야 할까 봅니다. 그래서 사막을, 아프리카를 꿈꾸는 것으로 이 점령군을 맞이하렵니다.

짙고 푸른 어둠 속에서 우리를 둘러싸고 있는 복잡한 문제들에 대한 진실을 알고 싶은 충동이 생깁니다. 사실 그 진실을 안다 한들 그것이 한정된 Domain 내에서 진실이지 모든 Domain을 포함하는 진실은 아니겠지만. 그것을 알고 싶은 것은 자기의 유전자를 퍼트리기 위해 몸부림치는 모든 생명체처럼 본능에 의존한다고 할 수도 있겠지요. 이 세상에 얽혀 있는 인과의 네트워크를, 찌그러지고 흐트러진 Dimension들을 주워 담으며 조각 모음을 맞추듯 진정한 세상의 모습을 한 번이라도 볼 수 있는 작은 소망을 세워봅니다. 우리가 알고 있는 정보는 몇 비트 정도일까요? 색과 빛과 모습, 이런 것과는 다른 사랑과 증오, 슬픔 아니면 영적인 정보까지 합치면 우리네 생의 정보는 도대체 몇 비트나 필요한 것일까요?

저는 아프리카를 꿈꾸고 있습니다. 철저히 자연의 법칙이 지배하는, 그래서 인위가 배제된 세계. 힘 있는 짐승의 우두머리는 모든 무리를 통제하고 자신의 유전자를 모든 암컷들에게 전해 줍니다. 그러나 힘센 우두머리의 시대는 고작 얼마 안 되는 짧은 기간에 머물지요. 새로운 강자가 출현할 때 힘이 바랜 지배자는 그의 자리를 물려주고 그가 생산한 개체는 영아살해의 비운을 당하기도 합니다. 암컷들은 어떤 힘센 지배자의 유전자라도 자신의 유전자가 이어지기 때문에 상관하지 않습니다. 힘이 센 육식동물은 초식동물

알러지

의 무리 가운데 가장 허약하고 병든 짐승을 잡아먹습니다. 힘이 없는 동물은 그들의 무리를 위해 자연 속으로 사라집니다. 그리고 건강한 초식동물은 유전자를 퍼트릴 기회를 한 번 더 가집니다. 그들은 숙명적인 먹이 사슬 속에서 존재하다가 입자의 상태로 회귀합니다.

Optimization Theory에서는 수학적인 접근법으로 Solution을 구하기가 대단히 곤란할 때 생물학적 진화과정을 묘사한 Genetic Algorithm을 사용합니다. 이때 저는 전능한 창조자가 되어 초기 개체들을 구성하고 그들에게 초깃값을 부여하여 생명력을 불어넣습니다. 그리고 그들에게 대를 이어 유전자를 교환하고 돌연변이를 시키며 적자생존의 법칙대로 열등한 유전자를 가진 개체는 도태시킵니다. 그들은 실체도 없는 컴퓨터의 메모리 속에서 자신의 메모리에 할당된 값만 변화시키며 쌍을 이루어 짝짓기하고 유전자를 나누어 가지며 격렬한 섹스를 합니다. 때론 아주 낮은 비율로 돌연변이가 일어나기도 하고 다음 세대로 이어지는 본능적 과정을 거칩니다. 그들은 인간처럼 교성도, 오르가슴도 느끼지는 못하지만, 철저히 유전자를 변화시키며 대를 이어 진화합니다. 일정한 세대가 지나면 그들은 점점 진화하여 열등한 유전자를 가진 개체는 도태되며 우등 유전자들을 보유한 개체는 생존하여 좋은 Solution

을 살며시 내어놓습니다. 그러나 그것은 진정한 의미의 진리라고는 할 수 없습니다. 다만 자연이 택한 진정한 참값에 근접한 것을 나타내어 줄 뿐입니다. 자연이 택한 개체는 그 개체대로 의미가 있습니다. 비록 그것이 우리를 모두 대변하지는 못한다 하여도.

가끔은 소박한 꿈을 꿉니다. 사랑하는 사람은 사랑하는 사람과 같이 살고 정의가 물처럼 흐르는 세상을. 혹자는 그것은 소박한 꿈이 아니라 이루지 못할 이상이라고 강변합니다. 우리네 관계는 왜 이리 뒤틀려 있는 것일까요? 마치 당신과 내가 서로를 잘 알고 있지만, 철저히 외면하는 것처럼 무의식 속의 유희는 아닌가요? 진정한 진리의 Solution은 어디 있는 것입니까? 왜 사람의 아들은 우리를 더 깊은 우연의 심연 계곡으로 던져 버리지 않습니까? 당신이 긴 여행 끝에서 본 아침 물안개는 이제 내 생을 감싸고 있는 깊고 푸른 안개라고 생각됩니다. 당신은 격렬한 섹스 후 숨을 몰아쉬고 땀이 흘러 아득한 의식의 저편에 있을 때만 살아있다는 기쁨을 느낍니까?

내가 실체 없는 개체를 메모리에서 만들어 그들을 조작하고 자연의 법칙에 맡기듯이 나 또한 절대자의 실체 없는 허상은 아닐까요? 생과 사의 Domain은 어떻게 보면 다른 차원으로 Projection

시킨 다른 모습인지도 모릅니다. 내가 유전자 알고리듬에서 사용하는 방법은 난수 생성 알고리듬을 근본으로 합니다. 난수, Random Number, 자연은 진실로 난수에서 발생하여 세대를 변화시키며 전지전능한 절대자가 존재하는 듯 Optimization을 향해 전진합니다. 우리네 행동은 Bernoulli Trial과 너무나 흡사합니다. 당신이 며칠을 고민해서 결정하는 생애 최대의 선택은 그것을 선택한 집합과 그 밖의 모든 집합을 합친 여집합과 같은 이분법으로 해석될 수 있습니다. 우리는 이러한 베르누이 시행의 결과를 여러 번 거치면 어느새 성공과 실패를 셈할 수 있는 Binomial Distribution으로 우리의 행동의 결과를 이산적으로 따져 볼 기회를 얻습니다.

지금껏 당신이 해온 모든 선택의 순간은 어떤 가지치기를 해왔을까요? 당신은 난수의 징검다리 위에서 어떤 선택을 강요당해 왔습니까? 그것이 진정한 진리에 가까이 가는 길이었습니까? 이제 저는 Random Number Generator의 선택에 제 인생을 맡기고 싶습니다. 그것이 진정한 자연의 일부분으로서 이분법의 세계가 가장 다중화된 구조라는 역설, 진정한 因果의 네트워크를 해석하는 방법은 아닐까요? 아프리카는 이제 먼 곳에 있지 않습니다. 제 꿈속에서 사자가 울부짖고 하이에나가 떼 지어 몰려다니는 그래서 힘

없는 초식동물이 사지가 찢겨나가는 아픔 속에서 진정한 생존의 법칙을 이해합니다.

이제 이 어둠은 더 짙어져 제가 감당 못 할 무한 질량을 느낍니다. 그들은 진정한 점령군처럼 모든 것을 내어놓으라고 협박합니다. 내가 유일하게 기억하고 있는 당신이 찬란한 아름다웠을 때, 젊음이 태양처럼 뜨거웠을 때, 한참이나 눈부셔 바라보았을 때의 당신 모습까지 달라고 합니다. 제가 포기하지 않아도 이 어둠은 무한 질량을 무기로 모든 것을 흡수하는 블랙홀처럼 두 손으로 저를 감싸 안아 포식자가 먹이를 찢듯 저를 그 속으로 데려갈 것입니다. 다시 내 모습은 입자에서 파동으로 변화하는 가운데 아득한 기억의 저편에서 사람의 아들이 외치는 소리가 들립니다. "네가 젊었을 때는 네가 원하는 대로 다녔지만 늙어서는 네가 원치 않는 곳으로 내가 데려가리라."

(2001)

알러지

Tabu Search

루 살로메가 가냘픈 몸매로 휘감아 돌아가는 춤사위로 헤롯을 즐겁게 했습니다. 저는 그녀가 관능적인 몸짓으로 얻을 최후의 목적이 무엇인지 알고 있었습니다. 그녀의 쭉 뻗은 다리와 가냘픈 허리, 사람을 전율케 할 눈빛, 더욱이 균형 잡힌 허리와 가슴에서 뿜어져 나오는 엄청난 에너지는 연회를 더 뜨겁게 했습니다. 저는 한때 그녀의 목소리의 빛깔까지 엄지와 검지로 비벼서 입자처럼 느낄 수 있었고, 그녀가 이고 있는 하늘 아래를 가면 떨리는 마음으로 뱀의 아가리에 들어가는 들쥐의 전율을 가슴으로 느껴 본 적이 있어 뚫어지도록 그녀의 몸짓에 대해 바라보았습니다. 그녀의 춤은 환희였고 그녀의 리듬은 설명할 수 없는 충격으로 저의 마음을 관통했습니다. 그러나 그녀는 결국 헤롯에게 그녀의 춤에 대한 사례로 세례요한의 목을 요구했습니다. 곧 세례요한의 목이 소반에

담겨 들어왔습니다. 눈을 감고 있는 인도의 성자처럼 평온한 모습의 세례요한의 목은 벙어리처럼 아무 말 못 하는 저를 크게 꾸짖었습니다. 저는 부끄러웠습니다. 저는 세례요한과 살로메가 추구하고 분노했던 영광과 질시를 잘 알고 있습니다. 말할 수 없는 고뇌와 연민 그리고 아름다웠던 추억, 세례요한이 광야에서 사람의 아들의 길을 예비할 때 살로메는 터져 오르는 가슴을 주체할 수 없었을 것입니다.

그리고 이천 년이 옆으로 스쳐 가는 자동차 속에 비친 미친 여자의 얼굴처럼 창백하게 보이는 지금 저는 시골의 어느 이름 없는 술집에서 밤을 즐기고 있습니다. 재즈가 나지막이 흐르고 이름 모를 술들이 낯선 이국의 여인들처럼 선반 위에서 선택을 기다릴 때 과거를 그리워하는 늙은 술집 작부는 추억을 기억합니다. 그를 사랑했던 수많은 사람들과 그가 따라주지 않으면 마시지 않았던 남자들의 전설 같은 이야기들을. 시간은 점점 밤의 중심을 향해 전진합니다. 그 중심은 너무나도 깊고 깊은 동굴 같아 박쥐들이 숨죽이고 있는 심연의 어둠이었을 겁니다. 술은 더 깊은 어둠을 유혹하고 저의 뇌를 압박하고 매어놓고 마취합니다. 모든 신경은 뇌를 말아 강하고 질긴 끈으로 모든 출입하는 생각을 통제합니다. 그러나 상념은 썩은 고기에서 구더기가 이곳저곳에서 살아 꿈틀거리듯

알러지

어느새 지난날의 부끄러운 시간들을 펼쳐 놓습니다.

저는 살로메가 소반 위에 덮인 흰 천을 살포시 거두고 두 눈을 감고 명상하는 요한을 보았을 때 그녀의 눈빛을 기억합니다. 마치 오래된 연인을 만난 듯 부드러운 미소로 그러나 입술에 숨어 있던 조소를 기억합니다. 그녀는 분명 미쳐있었습니다. 들판의 들개처럼 음흉한 얼굴로 요한을 맞이했습니다. 마치 죽은 짐승의 고기를 뜯고 있는 하이에나처럼 강한 턱과 검은 코로 요한의 피의 내음을 맡고 그의 눈감은 정적을 사랑했습니다. 그럼으로써 요한을 자신의 소유로 삼은 것과 같은 쾌감을 느꼈습니다. 그럴 때 그녀의 가냘픈 허리는 칼날이 되어 요한의 목을 자르고 그녀의 짙은 눈빛은 요한의 후광이 되어 별처럼 빛났습니다. 지중해의 뜨거운 태양을 자신의 몸에 담고 있는 듯 온통 정열의 가슴은 더욱더 빛났습니다. 그녀는 살포시 흰 천을 놓기 전 요한에게 윙크하며 속삭였습니다. 사랑한다고.

시골악단이 연주하는 이사도라가 낡은 술집을 가득히 채우고 있습니다. 밤의 농도 곡선은 마치 군사지도에 나오는 등고선과 마을처럼 휘어져서 구부러져 마치 당신의 진실처럼 도대체 끝이 보이지 않습니다. 술이 내 낡은 가죽 속으로 들어갈수록 저는 행복합니다. 갑자기 살로메의 얼굴이 클로즈업되어 내 전면에 버티어 서 있습니다. 그녀는 벌써 이천 살을 먹었는데도 오늘의 작부와 같이 젊고 아름답습니다. 그리고 저를 유혹합니다. 저는 자신이 없습니다. 작부는 고개를 숙입니다. 어깨까지 내려오는 머리칼이 더 아름다워 보입니다. 곧은 목선과 짙은 목뼈의 선이 식도와 어울려 보입니다. 그녀가 뿜어내는 향수는 내 오랜 기억 속에 남겨져 있는 아내의 그것과는 너무나도 다릅니다. 그녀의 향기는 내 코를 타고 뇌의 정수리를 관통하여 마치 등신불이 마지막 불기가 그의 뇌수를 찔러 어깨를 움츠려 구부정하게 되듯 저를 용서하지 않습니다. 젊었을 땐 모든 것이 희망이었고 도전이었지만 지금은 성불을 앞둔 늙은 스님처럼 어둠 속에서 조용히 젖은 바람을 쐬고 싶습니다.

이 척박한 나라에서 태어나 이천 년 동안이나 당신을 기다렸습니다. 우리가 증오했던 것은 그의 길을 예비하기 위한 단순한 몸짓에 지나지 않았다는 것을 안 것은 최근입니다. 저게 기회를 주시면 우리는 다시 사랑할 수 있을 것입니다. 제가 정말 당신을 사랑해서 당신의 목을 달라 했고 오직 나만이 당신을 소유할 수 있는 권리를 가지고 있습니다. 내 기억 속에서 한 번도 당신을 지운 적이 없습니다. 당신이 광야에서 외칠 때도 감옥에 갇혀있을 때도 그리고 마침내 내 소유가 되었을 때도 그래서 저는 행복했습니다. 내 어머니

알러지

헤로디아를 비난했을 때도 저는 오직 당신만을 생각했습니다. 그러나 우리의 부질없는 행동이 모두 그의 길을 예비하기 위한 시나리오라 하더라도 저는 당신을 정말 사랑합니다. 이제는 당신이 제 목을 취하십시오.

작부는 더 짙은 손짓으로 저를 유혹합니다. 술은 내 내장을 타고 내려가 심장으로 내 머리로 코로 내 얼굴로 그리고 눈으로 다가옵니다. 눈을 감고 싶습니다. 제 기억 속에는 오래된 사진이 하나 있습니다. 강렬한 눈빛과 짙은 눈썹 그리고 사랑스러운 눈동자. 마치 신화 같은 그 시절이 있었다는 것은 제가 소멸하기 전 오랫동안 남아 있을 그 거리와 그때의 태양 빛의 따스함과 저를 정말 사랑했던 그 시절을 기억합니다. 그리고 이 따뜻한 감정은 어린 시절 추운 겨울날 담벼락에 기대어 서서 쬐던 그 햇살과 같습니다. 저는 손을 들어 얼굴을 쓰다듬고 싶은 충동을 느낍니다. 사람은 저마다 제 방식대로 사는가 봅니다. 같은 시간과 공간을 살아도 정말 동질의 생을 사는 것 같지는 않습니다.

살로메는 이제 광야에서 목놓아 그를 부를 것입니다. 세례요한이 그랬던 것처럼 팔레스타인의 거친 들판과 먼지 나는 언덕 위를 달려 젖과 꿀이 흐르는 곳으로 뛰어갈 것입니다. 요단강에서 지새

우는 밤의 향기와 새소리 속에서 밤이 깊어서 아름다운 술집 여자는 이제 지쳐 술상에 엎어져 잠이 듭니다. 저는 그녀의 어깨 위에 걸쳐진 무거운 생의 짐을 얇은 그녀의 옷 위에서 내려놓고자 합니다. 그녀의 옷을 하나둘 벗기면서 살로메가 본 요한의 목을 기억합니다. 세포들이 찢겨 나간 흔들거리는 살들을, 그리고 슬픔처럼 밀려오는 온갖 추억이라 가장한 허상들을. 그리고 저는 그 목을 핥을 것입니다. 세상에서 가장 소중한 여인의 목처럼. '소녀의 기도'를 치는 피아노 소리는 술집이 파함을 알려줍니다. 부조화라고 저는 느낍니다. 저를 사랑했던 여인은 피아노를 잘 쳤지요. 그래서 제 소망은 제 딸이 치는 '소녀의 기도'가 제 작은 정원을 울리는 것이었는데 이제 저는 그 소리를 이 낯선 곳에서 홀로 듣습니다. 저는 이제 집으로 돌아가기 위해 시동을 걸고 백미러를 봅니다. 그러나 거울에 비친 저의 상체는 얼굴이 없습니다. 그래서 꼬리 잘린 도마뱀처럼 어두운 이 시골길을 마냥 달려야 할까 봅니다.

(2001)

알러지

관계

당신은 당신이 포함된 풍경을 본 적이 있습니까? 마치 유체가 이탈하여 아직도 밖을 서성이는 당신을 보는, 당신도 하나의 정물이 되어 풍경 속에 자리매김한 그런 모습을 본 적이 있습니까? 주위의 정물들과 어울려 오직 하나의 개체로 인식된 아름다운 모습을. 우린 우리 눈으로 세상을 보고 우리의 사고방식대로 판단하고 이해하기 때문에 당신이 포함된 풍경을 보기는 쉽지 않습니다. 저도 어제야 처음으로 그러한 풍경을 어제 처음 보았으니까요. 조그만 창에는 벌써 가을의 을씨년스러운 분위기를 풍기는 은사시나무의 나뭇가지가 흔들리고 실체도 없는 바람이 그 나뭇가지로 하여금 간접적으로 자신의 존재를 알려왔습니다. 먼 산들은 이제 침묵하려하고 제가 위치한 조그마한 방은 곧 쓰러질 것 같은 모습이었습니다. 잠시 침묵이 흐르고 이 자리에서 죽더라도 행복하겠다는 생각이 갑자기 밀려왔습니다. 비록 그 풍경에 당신은 포함되어 있지는 않지만.

내가 포함된 풍경을 느낀 것은 참으로 오래간만에 느끼는 감동이었습니다. 존재와 비존재의 경계를 허물어 버리는 그런 감동이었습니다. 허리는 가늘어지고 수염은 자랄 대로 자라 마치 자연인 같은 모습이었지만 그래서 우리 인생의 모든 면을 관조하는 것보다는 부분의 합을 조각하여 전체를 보는 것이 더 유용한 방법은 아닌가요. 풀과 나무와 새들로 이루어진 산에서 이 계절이면 어김없이 찾아오는 손님과 같은 알러지를 앓는 것이 이제는 행복처럼 느껴집니다. 주체할 수 없는 재채기와 콧물 간질거리는 목과 눈알들 이런 것들은 숨을 못 쉬게 합니다. 내가 당신을 처음 만났을 때도 이 알러지는 나를 떠나지 않았습니다. 지금 내가 내 유전자 속에 불륜의 씨를 안고 있어도 그래서 모든 세상에 상처받은 유전자를 퍼트리기 위해 섹스를 하면서도 피임을 하는 미친 짓을 해도 가슴 한구석에서는 당신에 대한 미안함과 증오가 함께 뒤섞여 가는 우리의 깨어진 시간들을 다시 한번 주워 담고 싶은 생각이 간절합니다.

루 살로메는 이제 반쯤 미쳐있어 더 이상 춤을 추지 못하고 머플러에 목이 감겨 죽은 이사도라도 더 이상 이 세상 사람이 아닙니

알러지

다. 당신이 가지고 있는 나에 대한 강박 관념과 나를 만나기 전 가진 상처에 대한 보상은 당신이 고백하기 전 나와는 다른 세계 속에서 사는 것은 아닌가 하는 생각이 듭니다. 모든 것이 이미 이 시간을 떠난 것처럼 나의 유체 또한 나를 떠나 당신과 내가 함께 자리한 풍경을 볼 수 있도록 내가 당신께 갈증을 느낍니다. 우리가 같이 지나온 시간은 이제 그 궤도에서 이탈하여 전복하려고 합니다. 당신이 내게 대한 성실함과 내가 당신께 대한 불성실함도 그 종말을 고하려고 합니다. 지금은 Dimension을 바꿔 이 피할 수 없는 굴레에서 다른 Dimension으로 잠깐 Projection시켜 우리의 부러지고 흩어진 뼈와 살을 다시 수습하고 강한 전사로 태어나도록 기대합니다.

이제 더 이상 루 살로메는 나를 유혹하지 않습니다. 그녀는 그녀의 자리로 다시 돌아갈 것입니다. 당신이 나에 대한 불신으로 저지른 그 사고에 대해서는 내가 감당하기 힘든 고통을 느끼고 있지만 시간이 해결하겠지요. 오직 시간이 우리의 기억 속에서 아픔과 고통을 덜어내고 무디어지게 만드는 묘약을 가지고 있지요. 우리가 오월에 만나 당신이 찬란히 빛나던 그 시절의 신부가 다시 되도록 나는 기다리고 있습니다. 모든 부끄러움과 상처를 떨쳐버리고 치유할 수 있는 시간이 우리에겐 필요한지 모르겠습니다. 그럴 땐 인도인들이 그들의 죄를 모두 갠지스 강가에서 풀어내듯 우리도 이 북한강 강가에서 씻김굿을 하는 의식을 해야 하지 않을까요. 당신이 나에 대해 가지고 있는 그 기원 모를 불안에 대해 우리는 어떤 첫날 밤을 다시 한번 치러야 하지 않을까요. 아! 나는 누구보다도 당신을 사랑하고 있습니다. 당신이 그 부끄러움의 굴레에서 다시 한번 헤쳐 나온다면, 그것은 오직 당신만이 할 수 있는 것입니다, 나는 두 팔을 벌려 당신을 안고 싶습니다. 하루 종일 좁은 방 안에서 뒤척이다 모든 차원을 여행하다 돌아온 느낌을 받습니다. 당신의 그 미끈거리는 가슴과 아름다운 얼굴을 다시 한번 나의 여자로 인식하고 싶습니다.

(2001)

알러지

Solar System

그가 차에서 막 내리자 휴게소 바로 뒤에서 흐르는 금강에서 짙고 푸른 안개가 확 밀려왔다. 처음으로 본 물안개, 그리고 물비린내가 코를 자극했다. 갑자기 알러지가 발동해 왔다. 그는 코가 간질거리고 재채기가 나오려는 것을 억지로 참으려 손수건으로 코를 막았다. 그러나 이미 자극을 당한 콧속 세포는 감당할 수 없는 충격을 느끼며 콧물이 마구 쏟아졌다. 눈물과 콧물과 재채기가 연속적으로 반복되는 가운데 그는 화장실을 찾아 얼굴을 씻고 코를 마음껏 풀고 싶은 충동을 느꼈다. 유전자를 전달하는 본능을 거부하며 그가 그녀의 가슴에 마지막 사랑을 한 것이 후회되었다. 한때 그녀는 그가 쏟은 마지막 사랑을 그녀의 젖가슴에 손으로 펼치며 이빨을 드러내며 웃어 보였다. 그는 그녀들이 그의 마지막 유전자가 포함된 마지막 육신을 먹어주길 바랐다. 그는 갑자기 맹수들이 자신의 영역을 표시하러 돌아다니며 큰 나무둥치에 자신의 몸을 비벼 체취를 발라 영역을 과시하듯 그녀들의 입에 자신의 유전자를 표시하여 다른 수컷들은 접근하지 못하도록 하고 싶은 충동을 느꼈다. 오직 강한 자만이 그의 유전자를 퍼트릴 권리가 있다고 그는 자신에게 확신을 강요했다.

그녀가 물끄러미 바라보고 있었다. 당신은 누구인가? 그녀는 그렇게 외쳤다. 그러나 그녀는 오래전 받은 상처를 아직 풀어내지 못하고 있었다. 무슨 일이 있었는지 그는 확실히 알지 못한다. 마치 성 오거스틴이 참회록에서 그의 모든 과거를 참회하듯 그는 그녀의 참회를 기다리고 있는지도 모른다고 생각했다. 그녀는 오직 스탠다드한 모습만 요구했다. 그녀는 오직 그런 규격화된 자세 속에서 자신의 진실을 강조하고 싶어 했다. 그러나 그는 그녀를 하루만에 만난 여자처럼 거칠게 다루고 싶었지만, 그녀는 좀처럼 그녀가 쌓은 단절의 울타리에서 빠져나오지 못했다. 그는 묻고 싶었다. 당신의 과거가 무슨 기억 속에서 숨 쉬고 있느냐고. 그것은 Long Term 메모리에서 삭제할 수 없는 아이템인가? 그는 갑자기 그의 흐트러진 것들을 그녀에게 다 소개하고 싶은 충동을 느꼈다. 그리고 그녀가 반쯤 미쳐있을 때 그녀의 뇌수술을 전문의에게 부탁하고 싶었다.

그녀는 그를 전혀 알지 못했다. 그의 두 개의 모드는 그만이 안고 있는 숨기지 않는 비밀이 되었다. 그녀는 그런 그를 어떨 땐 사랑하고 어떨 땐 미워하다가도 자신의 자존심을 내세우는 반복된 행위를 하곤 했다. 그럴 때마다 그는 어쩔 수 없는 행동의 연속성을 반복하는 버릇이 생기곤 했다. 재채기가 한 번 나오면 최소한 열 번은 해야 직성이 풀렸다. 그러나 그녀는 안타까이 바라다보았지만, 곧 그 사실을 잊어버렸다. 그녀의 기억구조는 오직 몇 분 만의 용량으로 제한되어 있는 것처럼 보였다. 그런 그녀를 그는 어떨 땐 경멸하고 어떨 땐 불쌍히 여겼다. 그는 그때마다 더욱더 그녀의 과거가 궁금해졌다. 그러나 그것은 그녀의 영역이었고 결코 밖으로 드러내는 일은 없었고 앞으로도 없을 것이다. 아마 그 과거는 그녀의 무덤까지 가지고 갈 그녀만의 소중한 추억인지도 모른다. 갑자기 쓸쓸한 생각이 밀려왔다. 그는 그녀의 혀로 그의 모든 몸을 핥아 주길 기다렸는지 모른다. 그러나 그 모든 것이 이제는 신경이 죽은 미라가 된 것처럼 더 이상 그녀의 혀는 그를 흥분시키지 못할 것이다고 그는 생각했다.

알러지는 계속되었다. 이제 눈이 간질거리고 그의 머리에 있는 모든 액체가 코와 입으로 다 밖으로 쏟아지는 착각을 일으켰다. 그래서 그가 가진 모든 액체를 들어내고 마지막 그 액체를 연결하고 있는 에너지마저 소멸시킨다면 그는 가벼운 몸으로 태양계를 떠나 먼 다른 은하로 여행을 할 수 있을 것 같았다. 그래서 다른 은하에서 그를 바라보았어도 그는 행복할 것 같았다. 모든 물이란 물, 피 그리고 뇌수 그리고 사랑마저 모두 쏟아져 부으리라. 아인슈타인이 저 멀리서 웃고 있었다. 물질은 에너지라고 그는 말하고 있었다. 그는 그 사실이 진리라고 이제야 몸으로 깨닫고 있었다. 그래서 그가 체험한 물질을 가두고 있는 조그만 에너지마저 버린다면 북한강이 Key West이고 그를 얽어매고 있는 모든 인과의 네트워크에서 벗어나 진정으로 자유를 얻을 것 같은 착각에 빠졌다. 사람의 아들이 움푹 들어간 눈으로 강렬히 빛을 발하며 말했다. "진리가 너희를 자유케 하리라." 갑자기 그가 위치한 차원을 뛰어넘는 모든 찌그러지고 웅크리고 숨어 있던 차원들이 우산을 펼치듯 활짝 펼치며 그를 덮쳐와 여기저기서 다중의 공명이 울리는 듯해 그는 숨을 쉬기가 힘들었다.

(2001)

알러지

Projection

어제는 불면의 밤을 보냈습니다. 이제 겨울도 저만큼 물러서고 봄바람도 불어옵니다. 지난겨울은 참으로 견디기 어려운 시간들로 가득 차 있었습니다. 참으로 많은 눈과 눈보라와 함께했고 많은 사람들과 이별하고 수십 년 만에 만난 사람들로 다시 한번 인연의 끈을 다잡아 쥐어야 했습니다. 오늘 오전 햇살이 얇게 유년의 그때처럼 비출 때 계룡산 정상에서 홀로 온 산자락들을 보면서 우리가 서 있는 이 시간의 진실에 대해 생각에 잠시 잠겼습니다. 남매탑 계곡을 아래로 내려보면서 이 산자락과 저 산자락이 서로 맞닿아 있는 이 한적한 시공간, 작은 새들은 아직 겨울의 잔설을 떨쳐 내지 못한 듯 빈 하늘을 이리저리 날아다니고 있었습니다. 아직은 잔설이 9부 능선 위로는 남아 있는 서늘한 산자락을 돌면서 당신을 생각했습니다. 이제 겨울도 가고 새로운 봄이 온다면 우리를 둘러싸고 있는 이 관계의 끈들은 모두 풀어 버려야 하지 않을까 하고 생각해 보았습니다.

　지난겨울 동안 두 번의 부산행과 동해안 7번 도로를 따라 일주하면서 본 그 시커멓던 파도 속에서 나는 내 설익은 감상과 부끄러운 모습을 모두 던져 버리고 싶은 충동을 간절히 느꼈습니다. 길은 계속 연결되어 있었고 내 낡은 승용차와 함께 시작과 끝이 없는 길처럼 오직 2차원의 지도에서만 휘감겨져 있는 그런 모습으로 있던 것은 아닐까 하고 생각해 보았습니다. 지금껏 살아오면서 이루어 놓았던 모래성 같은 내 삶의 구조를, 그리고 한때는 영원하다고 생각했던 것들이 모두 한결같이 열역학 제2 법칙처럼 시간에 가면서 Entropy가 증가할 수 있다는 생각, 그래서 나 역시 물리학의 법칙에서 예외는 될 수 없다는 단순한 진리를 이해하는데 너무 많은 시간이 걸렸습니다. 영원을 맹세한 모든 노래는 모두가 부질없는 허상이라고 믿고 싶었고 나 자신을 위해 당신을 위해 이 시간이 마지막의 기억이길 기대해 봅니다. 우리가 처음 만났을 때 우리는 이미 헤어질 순간을 예상하고 있었는지도 모르겠습니다. 모두를 잊기 위해 지난겨울 동안 많은 책을 읽었습니다. 그 속에서 나 자신을 위로하면서 스스로를 유지해 왔는지 모릅니다.

알러지

이제 봄은 산 언덕에 와 있습니다. 이제 곧 꽃들이 피고 바람도 따뜻해지겠지요. 그리고 언제 그랬느냐는 듯이 겨울은 우리의 기억 속에서 사라질 것입니다. 마치 내가 당신을 잊는 것처럼, 기억 속의 세포들이 화석화되어 죽어가고 다시는 기억하고 싶지 않은 그 시간들이 나로 하여금 술을 마시게 하고 홀로 방 안에서 이 글을 쓰면서 가슴 한구석 멀리 있는 당신을 생각나게 하나 봅니다. 우린 참으로 많은 시간을 같이 보냈습니다. 바다에서, 길 위에서, 물안개 속에서, 그리고 아늑한 산사에서. 그때는 당신이 이 세상 모든 것보다 더 아름다운 고독이라 생각되었는데 지금은 원자핵을 이루는 Quark만큼이나 작은 공간 속에서 애처롭게 사라져 가는 존재이길 기원합니다.

우리는 우리가 알고 있다고 생각하는 것보다 실제는 더 적게 이 세상을 알고 있는 것은 아닙니까? 한때는 우리를 둘러싸고 있는 공간이 균일한 것으로 알고 있었는데 아인슈타인은 일그러지고 왜곡된 공간을 이야기합니다. 모든 것이 입자와 파동의 Duality를 갖고 있다는 양자역학적 견지에서 우리도 역시 그 불확정성의 원리를 벗어나지 못하고 있습니다. 이 세상 모든 것들의 근본이 흔들리는 끈으로 이루어져 있다는 혹자들의 주장을 만나면 역시 色卽是空 空卽是色이라는 반야심경의 그 구절이 너무나 절실하게 가슴속으로 다가옵니다. 우리가 처음 무한히 작은 곳에서, 또 무한한 밀도에서 만났을 때, 그때는 당신과 내가, 저 산과 바다가, 그리고 나무와 풀과 바람과 별이 모두 하나였을 때, 엄청난 폭발로 공간과 시간이 생기고, 태초에 빛이 있었으니, 그 창세기의 아름다운 모습이 마치 핵과 전자가 결합하지 못해 모든 것이 희뿌연 Plasma 상태로 있었을 때, 지금의 내 미래와 같이 안갯속에서 불확실할 때, 우리의 시간은 너무나 압축되고 뒤엉켜 시작과 끝이 없고 현재와 미래가 실타래처럼 뒤섞여 모든 것이 이해하기 힘든, 아 그런 시절은 있지 않았나요?

이제 봄은 다시 찬란히 오겠지요. 그러나 김영랑이 노래했듯이 이 봄은 찬란한 슬픔의 봄을 안고 올지도 모르겠습니다. 마음과 마음을 가다듬고 새로운 시간을 엄숙히 맞을 준비를 해야 하지 않을까요? 그래서 지금 내가 살고 있는 이 시간이 내 인생의 마지막 시간이라 생각하고 시간과 공간이 서로 찢겨 우리가 원하는 곳에 아무 때나 갈 수 있을 때, 우리의 의식 속에 있는 당신이 찬란히 아름다웠을 때, 그 시간을 마음대로 되돌릴 수 있길 간절히 기원해 봅니다. 이 봄에 피는 꽃을 보고 저 꽃이 나와 함께 한몸이었던 시간이 있었다는 것을 기억해 봅시다. 그리고 우리 모두가 이 시간과 공간을 온전히 이해하지 못하고 있고 수많이 생략된, 그것도 과

알러지

감히 생략된 공간 속에서 아주 예정된 시간의 경로를 따라 천천히 이동하는 존재들이라는 것을 위스키 한 잔을 마시면서 눈을 감아 보면 떠오릅니다. 수많은 모습이 생략된 모습, 그것은 학창시절 배운 수학적 Projection의 과정과 아주 흡사합니다. 두 개 힘의 내적을 구하기 위해 우리는 하나의 힘을 다른 하나의 힘 위에 투사시키지요. 저는 이 Projection의 원리를 이해하고 난 후 인생이 더없이 더 많이 이해할 수 있었고 더욱더 사랑할 수 있게 되었습니다. 당신도 역시 당신을 제외한 사람들에게 일정 부분을 생략한 모습을 보이고 있지는 않은가요? 숨기고 싶은 것들을 감추고 얼굴에는 두꺼운 화장술로 Riemannian 기하학처럼 일그러진 굴곡을 감추고 싶은 것은 아닙니까?

이제 밤이 되었습니다. 세계의 모든 도시들은 밤과 낮이 뒤섞여 그들만의 꿈을 꿀 것입니다. 사랑과 정의가 강물처럼 흐르기를 기도하는 도시, 아름다운 꿈과 사랑의 메시지가 서로 전달되는 그런 시간들을. 나는 당신이 행복했으면 좋겠습니다. 그래서 이 봄에는 당신이 행복하다는 소리가 내 귀까지 들려왔으면 하는 작은 소망을 가져봅니다. 우리가 처음 만났을 때처럼 내 귀가 먹고 눈이 멀고 마치 하나님을 만난 모세처럼 마치 그 앞에 엎드려 고개를 들지 못할 때처럼 당신이 아름다웠으면 좋겠습니다. 이 작은 바람이 이

봄밤의 첫날에 바라는 간절한 내 소망입니다. 영원히 아름다울 당
신의 시간을 위해.

(2002)

꿈을 꾸고 있는가? 그대

기차가 플랫폼을 빠져나가자 어둠이 맹렬하게 추격해 왔습니다. 저 멀리 당신이 서 있는 모습이 어둠 속에서 분해되어 어두운 기억의 저편으로 사라졌습니다. 이제 당신은 없습니다.

기차는 어둠 속에서 달립니다. 기차만 달리는 것은 아닐 겁니다. 나도 기차에 의지하여 점점 가속도가 붙어 마치 빛의 속도만큼이나 달려 시간을 역행하는 것은 아닌가 하는 두려움에 떨고 있습니다. 시간은 앞으로만 달린다는 생각을 나는 오래전 버렸습니다. 내 기억 속에서 항상 옛날이 도마 위에 놓여 칼날을 기다리는 물고기처럼 퍼덕거리며 요동치고 절규하고 있습니다. 기차가 달아날수록 당신이 하나의 점으로 변하는 것은 원근법에 의해 발생하는 내 시력의 한계인가요? 아니면 정말 당신은 하나의 점만큼 작아져 버려 그 좁은 차원에서 둘러싸여 플랫폼을 떠나고 있는지도 모를 일입니다.

열 시간에 가까운 산행을 혼자서 했습니다. 고통과 어려움이 있었습니다. 조용한 꽃길을 홀로 밟을 때는 향기롭고 아늑했지만 뜨거운 태양 아래 가파른 경사와 바위틈을 지나 아득한 낭떠러지에 매달려 잠시라도 생과 사의 상념에 잠길 수 있었다는 것은 행복한 일이었습니다. 왜 홀로 이렇게 걷고 있는가? 언덕과 골짜기 그리고 산 능선을 걸으면서 내 몸이 찢어지고 흘린 땀만큼 물을 계속 부어 들어야 하는, 내 속에 있는 욕심과 집착과 쓰레기들을 모두 비워내야 하는 작업을 이렇게나 오래 해야 하나 하는, 그러면서도 비워지지 않는 집착들을 어떤 날 선 칼로 덜어내야 하나. 참회하는 시간은 길면 길수록 가슴속에 불꽃이 타오르고 칼날 능선에 서서 나무 바다의 저 아래로 몸을 던지고 싶은. 젊은 날엔 꿈이 있었고 야망이 있었고 무엇이든지 할 수 있다는 자신감에 사로잡혀 있었는데 지금은 그 꿈들이 아련한 어리석음인 줄 뼈저리게 느끼고 있습니다. 태양은 뜨겁지만 싸늘하게 식은 우주의 공간을 헤매고 있을 내가 기억하는 아름다운 사람들은 어디서 무엇을 어떻게 하고 있는가 하는 생각.

당신이 잠시 머무르다 떠날 플랫폼이 생각납니다. 시간이라는 것은 허망한 우리의 인식이어서 오래전 한 위대한 물리학자가 우리를 설득했듯이 상대적인 척도일 수가 있습니다. 내 창 옆으로 흐르는 어둠 속에 있는 도시의 불빛들, 그리고 아득한 저곳, 강이 흐르고 행복이 있을 가정들의 불빛들을 저는 기억하고 싶습니다. 언제나 이 기차를 타고 빠르게 달리고 있을 때나 당신이 나와의 공간적 분리를 거부하며 조용히 역 앞을 지나치고 있을 때도 시간은 동일한 척도로 흐른다고 믿지 마십시오. 오직 우리의 뇌 속에서 지나치는 의식의 흐름이 그 속에서 미친 듯이 부르짖고 있을 것입니다. 전쟁과 같은 인간의 한계, 본능과 생존의 절규가 몸서리치는 그 현장에서 생각날 사람은 누굽니까? 제가 오래전 가장 어울리지 않을 것 같은 세계로 내 인생을 던진 것처럼 저는 아직도 낭만주의자가 아닙니까?

언제나 당신을 내 가슴속에 남겨두고 영원히 사랑할 것 같았던 시절, 그 시절엔 가슴 시린 겨울도 태양이 작렬하던 여름날의 열정도 없었습니다. 오직 회색빛 빌딩가에서 혼자 서성이며 따사한 겨울의 햇빛을 쪼그리고 앉아 즐기던 기억만 있습니다. 당신을 향해 빛나던 눈동자도 당신을 위해 살겠노라고 믿었던 내 어리석음도 이젠 어디론가 흩어져 버렸습니다. 오래전 당신과 내가 서로 사랑하던 그 시절은 모두 사라지고 내 마음과 같이 휑한 공간만 적막한 시간 속에 강물처럼 흐릅니다. 그토록이나 춥던 겨울은 어느덧 기억 속에서 사라지고 이제 뜨거운 태양이 작렬할 계절을 기다립니다. 길이, 시간, 부피, 강도, 광도, 이런 것과 같이 온도도 하나의 물리적 척도로서 태양의 온도나 우주가 만들어질 때의 온도와 지금처럼 싸늘하게 식어버린 온도가, 아 너무나도 멀리 이격된 듯한 느낌을 받습니다. 오래전 시대를 거슬렀지만, 진실에 입각한 눈이 움퍽 들어갈 것 같았던 한 사내가 갈릴리 호수를 거닐며 그가 사랑했던 어부에게 이야기한 조용한 물음이 가슴에 맺힙니다. 요한의 아들 시몬, 네가 나를 사랑하느냐? 저는 더 이상 당신을 사랑하지 않습니다.

기차는 계속 달리고 있습니다. 조각 모음을 맞추듯 시간의 궤적을 따라 이루어진 어리석고도 짧은 여정들을 하나둘 모두 끼어 맞추고 있습니다. 하이젠베르크의 불확정성의 원리는 우리네 인생의 진실을 이야기해 줍니다. 어느 누구도 물질의 참모습을 볼 수는 없다는 단순한 정리를 우리는 이해하는 데 너무 오랜 시간이 걸렸습니다. 진리가 너희를 자유케 하리라. 머릿속에서 편두통이 다시 찾아옵니다. 잠을 청하여도 잠이 오질 않습니다. 지금쯤 당신은 역 울타리를 벗어나 조용히 별빛이 도시의 불빛에 의해 가리어진 가

알러지

도를 달리고 있을지도 모를 일입니다. 당신도 생각합니까? 당신이 한 나무에 의지해 온몸의 물과 피를 흘리고 있을 때, 지금 이 시간 내가 걸어가는 이 길과 또 내일 사라질 모든 영혼들을 위해, 아 당신은 무엇을 보고 있습니까? 시간을 역행하여 당신이 있을 그 시간에 도달할 수 있다면 나는 당신의 그 빛나던 얼굴과 사랑스러운 눈동자를 먼저 바라보고 싶습니다. 그리고 우리가 벗어날 수 없는 이 한계를, 행복이라 스스로 다짐하며 살아가는 오늘날 하루하루를 잘라 가볍고 작은 것으로 분해할 수만 있다면.

모든 것들이 혼재되고 불균형을 이룬 지금, 온전한 정신으로 살아가는 것이 신기할 뿐입니다. 당신은 이제 우리가 헤어진 플랫폼을 더 멀리하며 계속 달리고 있을 것입니다. 우리가 나눈 마지막 공간의 인터섹션도 거부하며 당신의 기억 속에는 아주 먼 옛날을 기억하고 있을지도 모르지만, 무슨 청춘이 사라지고 어떤 생의 치열함이 그 속에서 있는지도 모르지만 아주 그 속에서 머무르고 싶은 것들은 그 속에서 자라고, 떠나고 싶은 것들은 떠나고 우리의 마지막 기억 속에서 그 플랫폼은 아주 먼 기억 속으로 연결되는 하나의 통로가 아닐까요? 이제 당신은 또 다른 어둠 속에서 미소 짓고 당신을 기다리는 미래를 보고 있을지도 모릅니다. 어둠과 함께 밀려온 또 다른 절대 고독의 바다에서 조그만 배에 스스로를 맡기고 있을지도 모를 일입니다. 가슴을 쓸어내리는 그 추억의 언덕에는 항상 살아 펄떡거리는 기억들이 산산이 조각난 채로 다시 태어날 별들로 차가운 하늘 저쪽 어디선가 자리매김하고 있을지도 모릅니다.

　하예에서 서진으로 가는 5번 국도 옆의 북한강이 생각납니다. 여름철 아침 안개가 자욱이 낀 그 강은 이제 제 마음의 강이 되었습니다. 나뭇잎들이 태양 아래 반짝이고 이 절대온도에 가깝게 식어버린 우주 공간에 오직 약간의 온도 상승효과를 부여하는 아직도 식지 않은 마지막 열정을 뿜어내고 있을지도 모를 일입니다. 내가 지금 살아가고 있는 이 시간은 내게 주어진 정말 짧은 상대적 시간인지도 모르는데 아직도 꿈을 꾸고 의미를 찾으려 몸부림치는 것은 인간 절대의 위기상황, 가장 본능이 지배하는 생명의 불꽃이 막 사그라지려는 순간을 그리워하는 것은 아닙니까? 생명이 탄생하고 나서부터 엄청난 살육전이 시작된 것은 우리네 생명을 가진 개체들의 숙명일지도 모릅니다. 북한강은 이제 그 푸르름을 더해가고 있겠지요. 그 산들 속에서 나무들은 자라나고, 조용한 강 안에서는 물고기들의 살들이 시간을 빗대 여물어 가고 있겠지요. 오직 태양의 빛에 의해 그들은 자라고 그들만의 세계를 창조하고 있을 겁니다.

　　　　　　　　　　　　　　　　　　알러지

우리의 생도 인과의 네트워크 속에서 애증이 교차하는 그런 모습을 가지고 있지는 않나요? 나 외에 타인의 존재를 인정하는 순간 우리는 성자가 이미 되어 있는지도 모릅니다. 그들이 가진 모든 가치를 인정하는 것은 우리가 우리네 가슴속에 강줄기를 이미 가슴속에 하나씩 품고 있다는 것을 의미하는 것은 아닐지요? 그것이 타인이 감히 넘을 수 없는 폭 넓은 강인지도 모르지만. 같은 시간과 공간을 공유하지만 우리는 전혀 다른 생을 사는 것은 아닙니까? 당신이 지금 숨 쉬고 있는 자유를 진리라 감히 이야기하고 싶습니다. 인간으로 태어나 너무나 많은 비밀을 알아버린 것은 아닌가 하는 두려움이 제겐 항상 머리를 짓누르고 있습니다.

이제 당신은 피곤한 당신의 몸을 어둠 속에서 천천히 누이고 있을지도 모릅니다. 마치 유체가 이탈한 육신처럼 만신창이가 된 불쌍한 육신을 조용히 침대에 누이며 멀리 있는 저를 생각해 줄지 모릅니다. 그러나 이제 저는 더 이상 당신에게는 존재하지 않은 바람일지도 모릅니다. 저는 임팔라의 여린 살을 뜯어 먹는 아프리카의 수사자를 꿈꾸고 있습니다.

(2003)

숲과 언덕

저 언덕 넘어 푸르른 숲 위에 어둠이 내린 지 꽤 오랜 시간이 지났습니다. 그 시간은 내 뇌 속에서 내 핏속에서 느끼는 상대적인 시간의 척도로 측정한 것을 저는 잘 알고 있습니다. 며칠째 오른쪽 머리를 짓누르는 주기적으로 찾아오는 손님 같은 이 편두통만 없다면 정말 아름다운 밤입니다. 바람은 불어 적당한 온도로 내 피부를 식혀주고 오래간만에 정말 오래간만에 살아있는 기쁨을 느낄 만한 그런 밤입니다. 짙은 어둠 사이로 가늘게 빛을 뿌리고 있는 몇 개의 가로등이 날카로운 칼날처럼 우뚝 서 있는 아파트의 풍경을 더욱더 아름답게 합니다. 오랜 장마 끝에 맞이한 청초한 이 저녁을 저는 편두통 속에서 서 있습니다. 날카로운 칼이 있다면 오른쪽 목덜미 일부와 후두부 일부를 잘라내고 싶은 그래서 오랜 친구 같은 이놈을 갈기갈기 찢어 놓고 싶은 충동에 사로잡혀 있습니다.

알러지

저 어둠이 짙게 깔린 숲 속으로 내 의식이 날아가고 있습니다. 이 짙고 푸른 어둠 속에서 당신을 생각해 봅니다. 당신과 헤어진 지 벌써 수개월이 흘렀습니다. 그 시간은 나 자신을 더 깊이 생각해 볼 수 있는 기회를 제공했고 우리를 둘러싸고 있는 이 의미의 시공간을 이해해보는 가치가 있었습니다. 인간은 모두 자기 위주의 행동 양식과 논리적 근거를 제시해도 당신은 나의 영원한 사랑이자 존재할 수 있는 이유를 제공해 주었습니다. 숨을 쉬기가 힘들었을 때, 이 공기가 마치 물처럼 점도 높은 액체처럼 느껴질 때 모든 물리학 법칙을 무시하고 오직 당신만이 영원할 수 있을 것이라는 믿음이 나를 지금껏 지탱해온 힘인지도 모릅니다. 당신의 모습과 그 자기만의 언어에서 이 세상 모든 것의 사악한 것들을 흡수해 녹여버릴 것 같은 정말 놀라운 힘을 가지고 있었습니다. 당신의 생과 죽음과 부활은 영원히 이 척박한 다차원 속의 어둠과 정적 속에서 윤회하는 에너지를 가지고 있습니다.

이제 저는 종교도 철학도 믿음도 윤리도 가치도 없는 완전히 새로운 기반 위에서 다시 태어나려고 하는 존재와 같습니다. 니고데모가 가졌던 거듭남의 의미, 수십 년간 가졌던 모든 맹목을 오래전 버렸고 진실로 당신과 나만 존재하는 이 일 대 일 네트워크 속에서 천천히 타인들을 하나씩 그려내고 선을 긋고 생명력을 주고 의미를 부여하는 그런 방식으로 확장해 나가야 할 것입니다. Birth and Death Process의 법칙대로 존재하는 것들은 그 界에서 존재의 의미로 남다가 다른 영역으로 전이하는 모양을 갖추는 것이 이제껏 제가 쌓은 낡은 모형의 가치관인지도 모릅니다. 이제 나 자신은 타락한 영혼이 아니라 아예 순수하지 못했던 영혼은 아닌가 하고 스스로에게 수없이 묻고 있습니다. 지금은 언어가 다른 사람들과 이야기하는 것처럼 오랜 시간을 기다리지 못한 조급함이 묻어 있습니다.

바람은 계속 불어옵니다. 이제 이 숲 속에서 더 깊은 언덕과 계곡을 끼고 도는 다차원의 모습을 저는 그려봅니다. 우리가 갇혀있는 이 유한한 차원 속에서 저는 두려운 마음으로 항상 경건한 생각을 합니다. 어떨 때 이차원의 제약이 제가 끊을 수 없는 거미줄 같은 탄력성 있는 질기고 무한 강도를 가지고 있을 것 같다는 생각을 해봅니다. 바람이 불어 이차원을 소멸시키고 제가 한 차원 더 높은 곳으로 갈 수 있다면 당신을 내려다보며 당신이 서 있는 시공간을 관망할 수 있는 기쁨에 스스로 놀라곤 합니다. 그 어리석음 속에서 당신이 오래전 제게 하신 그 말씀은 모두 내 속에서 사라져 간 바람입니다. 편두통은 점점 저를 구속하고 저의 뇌 한쪽 부분을 오려내어 저 숲 속으로 던지고 싶은 생각이 간절합니다.

알러지

무한이라는 것이 존재하는지 저는 알지 못합니다. 무한의 저 너머는 무엇입니까? 이 세포와 피부와 피가 오직 가상의 언어로 기록된 것이라면 우리 생의 시나리오는 도대체 누가 기획한 것일까요? 진정한 자유, 저는 그 진정한 자유를 간절히 원합니다. 모든 관계의 네트워크에서 일탈한. 그리고 의지로 우리의 생의 궤적을 이끌 수 있는 것이라면 도대체 당신과 나의 관계는 무엇입니까? 어릴 적에 가끔씩 가보던 마음을 앓던 이들이 앓고 있던 그 아픔을 제가 지금 앓고 있는 것은 아닙니까? 숲은 이제 그 푸르름의 절정에 도달해 처절하게 절규하고 있습니다. 그 속에 깃들인 새들이 바람이 나뭇가지가 저마다 일어서서 노래 부르고 날갯짓을 하고 혼돈의 극으로 달려가는 것 같습니다. 짙은 어둠이 숲 위를 짓누르고 큰 팔로 거대한 가슴으로 숲을 안고 있습니다.

갑자기 구토를 하고 싶습니다. 이 바람도 숲도 약하게 빛나는 가로등도 저로 하여금 구역질이 나게 만듭니다. 진실로 구토를 유발하는 것은 그들이 아니라 제 자신의 어리석음이겠지요? 당신을 믿고 아름다움을 믿었던 어리석음이 아닌가요? 당신은 무슨 생각을 하고 있습니까? 지금도 환상 속에서 젊은 시절의 그 바람과 찬란한 빛을 생각하고 계신 것은 아닙니까? 그 시절이 또다시 오리라 생각하십니까? 이 편두통이 구토를 유발하는 것이 아니라 내 속에 있는 또 다른 내가 내장 저 속에서 뒤틀려져 있는 그 무엇이 모든 것을 비워내고 싶은 강렬한 충동질을 하고 있습니다. 속 깊이 있는 모든 것을 비워내고 하늘을 훨훨 나는 자유를, 차원을 뛰어넘는 언어를 설익은 감상을 모두 벗어 버리기 원합니다.

고흐의 '별이 빛나는 밤'이라는 제목의 그림을 본 적이 있습니까? 별들이 공간을 휘젓고 감아 돌아 굴곡된 공간을 표현한 그림이지요. 그의 머릿속에 있음 직한 혼돈과 절규가 그의 가슴속에 고독만큼이나 너무나 처절하게 이 시간의 간격을 뛰어넘어 다가옵니다. 그가 본 진리를 고흐는 인간의 가장 깊은 심연의 언어를 색깔로 질감으로 명암으로 나타내고 있습니다. 당신은 나무 위에서 이스라엘의 여인들에게 말했습니다. 예루살렘의 여인들이여 나를 위해 울지 말고 너희와 너희 자녀를 위해 울어라. 당신이 언덕에서 나지막이 내려보았던 그 예루살렘의 풍경과 하늘 저쪽에서 몰려오는 먹구름, 수많은 여인들의 울음소리, 그리고 당신을 조롱하던 2천년 후의 나까지도 하나의 모습이 되어 시공간을 떠도는 유령 같은 음습한 모습이 당신을 짓누르고 있지는 않습니까? 고흐가 보았던 밤하늘의 휘돌아져 가는 공간과 별들의 궤적을 통해 그는 뉴턴이 보았던 세상을 갈릴레오가 케플러가 보았던 시대를 보고 있지는 않았을까요? 그는 자신의 귀를 자를 만큼 미쳐있었지만 그를 지배

알러지

했던 것은 그 자신에 대한 연민이었을까요, 아니면 어떤 환상이었을까요? 마치 신이 내린 무녀처럼 오직 먼 하늘만 바라보고 그의 신에게 갈망하는 것은 아닙니까?

이제 영원한 친구 같은 편두통은 숲이 그의 절정을 향해 달리듯 고통의 절정을 향해 나아갑니다. 저는 이미 잘 알고 있습니다. 열역학 제2법칙처럼 고통은 이 절정 후에 평형상태를 향해 달릴 수밖에 없다는 것을 저는 잘 알고 있습니다. 그래서 나의 이 친구도 언젠가 사그라들어 이제 가뭇없이 침실에 누울 당신처럼 조용히 잠들리라는 것을. 그래서 내가 당신을 살포시 안아 내 가슴속으로 사랑하고 내가 당신의 일부이듯 이 고통의 친구가 내 일부라는 것을 저는 조용히 받아들이고 조용히 눈을 감습니다.

이제 저 언덕의 숲에서는 별빛이 내려 고요의 깊음이 더욱더 빛납니다. 제가 기억하는 모든 이들이 이 밤 저 언덕에서 쓰러져 한 그루 나무가 되고 사랑이 되고 빛이 되고 전설이 되어 이제 곧 다가올 가을 언덕 위에 서 있을 당신을 그리워하겠지요. 제 기억 속에서 살아 숨 쉬는 이 모든 정보들은 서로 짝을 짓고 새로운 개체를 만들고 자신을 평가하고 자연 속에서 우연의 패턴 속에서 애증의 역사를 만들지는 않습니까? 제가 지금 있는 저 언덕 위의 살아 있는 모든 것들은 모든 다차원의 정보를 생략한 축소의 모습은 아닙니까? 이 밤 오래전 내 곁을 떠난 모든 정보들이 다시 뼈를 만들고 살을 붙여 태어나 저 숲 속에서 또 다른 인연의 끈을 만들려고 음모를 꾸미는 것은 아닌지 저는 불안에 떨고 있습니다.

당신은 지금 어디에 있습니까?

(2003)

알러지

겨울의 끝

이제 이 겨울의 깊고도 험한 계곡 속으로 너무 깊숙이 들어와 버린 느낌입니다. 우리가 처음 이 계절을 의지해 원해서 가지 않은 것처럼 우리는 다시는 가을로 되돌아갈 수 없을 것입니다. 이 겨울의 협곡을 지나면 다시 따뜻한 봄이 기다리고 있다는 것을 아주 잠깐의 시간을 학습해 미로를 찾은 생쥐처럼 저는 그것을 진실이라고 굳게 믿고 있습니다. 그러나 지금 칼날같이 차가운 바람은 이 거리 저 거리를 떠돌며 모든 살아있는 것들을 하나의 공간 속에 유폐시키고 침묵을 강요합니다. 먼 산에 북향 비탈에는 아직 첫눈의 잔설이 그대로 낙엽과 더불어 숨죽이고 있습니다. 가끔씩 아주 가끔씩 바람이 마른 나뭇가지를 스치는 소리에 나목들은 서로를 부둥켜안고 이 절대온도의 차가움을 견디고 있습니다. 공활한 하늘을 날고 있는 새들은 또 다른 하나의 축에서 이 대지를 사영시켜

한 개의 차원이 생략된 공간을 내려다보고 있습니다. 강줄기를 따라 태양이 떠오르고 있습니다. 그리고 저 강 언덕 넘어 안개가 서서히 물러갑니다. 아주 먼 옛날부터 이 공간을 지배했을 풀들과 나무와 바람과 별들은 유한의 법칙 속에서 하나둘씩 소멸해 갔고 절대 공간의 지배를 받는 곳으로 떠나갔습니다.

당신이 숨 쉬고 있는 공간은 따뜻합니까? 저는 지금 이 차가운 산속에서 시간을 칼날로 도려내고 잘게 자르고 있습니다. 이렇게 시간을 쪼개고 나면 이제 이 시간을 다시 적분하여 내 생의 한가운데로 가져오는 데는 또 다른 에너지가 필요할 것 같습니다. 그러나 이 겨울 어디에도 새로운 에너지를 가져올 데라곤 없어 보입니다. 하지만 저는 이 지겹고도 긴 작업을 하지 않을 수가 없군요. 시간을 잘게 부수다 보면 세월이 보이고 또 다른 한 축에 푸르름에 넘실거리는 바다가 보이고 당신이 보이고 무시할 수 없는 내 모든 어리석음이 넘쳐 지난 일들이 왜 그리 부끄러움만 남았는지? 당신은 행복하십니까? 아! 그 어떤 모든 말보다도 보고 싶다는 그 말 한마디가 제 가슴에 간절함으로 다가옵니다. 당신의 곁으로 다시 돌아가고 싶지만 저는 당신을 떠나 너무 깊숙한 겨울로 들어오지는 않았는지요?

알러지

제가 처음 당신을 만났을 때는 당신은 저의 생명이었고 사랑이었고 삶 그 자체의 목적이었는데 이제 저는 당신과 너무 멀리 떨어져 있습니다. 당신은 항상 제게 다시 곁으로 돌아오라고 손짓을 해도 저는 너무 멀리 떨어져 제 짧은 팔로는 당신을 안을 수가 없습니다. 가끔은 의미 없는 술을 마시고 취해 잠자리에 그냥 얼굴을 묻고 자고는 합니다. 꿈속에서 당신이 제게 들려주실 그 이야기는 당신이 정말 찬란히 아름다웠을 때, 꽃처럼 화사하고, 따뜻한 마음으로 제 언 마음을 어루만져 줄 때 제 가슴엔 푸른 하늘이 있었지요. 그러나 이제 저는 당신의 모습을 제 가슴속에서 지우는 작업을 매일 합니다. 제 가슴에는 흉터가 남고 상처가 남아 언제나 다시 그 아픔이 재발할 수 있는 상처가 도사리고 있습니다. 저는 기억합니다. 당신이 한 떨기 꽃처럼 찬란히 아름다웠던 모습을. 그리고 그것이 우리가 가장 젊었던 시기에 잊지 못할 시간의 파편 속에 흔적 지어진 그런 모습이겠지요.

저는 바다를, 강을, 호수를 그리고 이 겨울의 차가운 바람을 사랑합니다. 언제나 가슴속에는 바다를, 강을, 호수를 그리워하고 그 속에서 영원히 빛나는 당신을 그리워합니다. 이 겨울은 이제 곧 자기 종말을 말하여 다가오는 화사한 봄에 자기를 불사르겠지요. 그래서 다시는 우린 이 겨울을 찾지는 못해도 뇌의 주름진 그늘 속에 간직하고 한 번씩 기억해 내고 아쉬워하진 않을까요? 어느새 따뜻한 바람이 불고 잔설은 어느덧 북향 비탈에서만 있을 때 당신이 떠난 그 자리는 너무도 차갑게 느껴집니다. 세월이 흐르면서 이 세상에 존재하는 물리적인 척도들을 이해하고 공간과 시간이 주는 의미를 깊이 정말 깊이 뼛속 깊이 느꼈을 때 생은 너무도 엄숙히 다가오고 제가 지금껏 지냈던 그 모든 사실들이 거짓과 허위로 어우러져 너무나도 가슴 깊이 처절한 후회가 몸서리칩니다. 제 뼈에는 당신의 살이 그리고 내 뇌 속에는 당신의 혼이 깃들기를 간절히 바랍니다. 당신은 지금도 이 자리를 비우고 있지만 저는 저 허허로운 들판과 한없이 넓고 높은 겨울 하늘을 이제는 다시는 보지 못할지도 모릅니다. 언제나처럼 부끄러움에 몸서리치고 새로운 출발을 꿈꿔보지만, 그것들은 초월하지 못할 그런 한계가 있습니다. 이 온통 저를 둘러싸고 있는 이 끈적한 공간과 시간을 탈출하려면 에너지가 필요합니다. 그러나 이 겨울에는 그 어디에도 그런 에너지는 없는 것 같습니다.

당신이 행복할 수 있다면 저는 조용히 이 시간의 차가움을 견딜 수 있을 것 같습니다. 언제나처럼 당신이 행복할 수만 있다면 영원히 저를 둘러싸고 있는 이 모든 관계의 끈들을 다 풀어내고 온도라는 이 물리량과 내 피에서 숨어 있는 그 모든 부끄러움을 들어

낼 수 있을 것 같은데. 아! 당신은 지금도 없습니다. 제가 목소리를 쉬도록 불러 보아도 그 어디에도 당신은 없군요. 이미 당신은 이천 년이란 시간 전에 저 갈릴리 바다를 그윽한 눈빛으로 거닐고 있을 지도 모르지만요. 제가 당신께 다가가려고 해도 저는 당신에게 다 가갈 에너지가 없어 제 온 몸속에 있는 모든 뼈와 살을 불살라 한 줌 에너지를 만들어 내야 할 것 같습니다. 제 꿈에서 아인슈타인 박사는 껄껄거리며 웃고 있습니다. 우주의 끝까지 볼 것 같았던 허블과 우리를 둘러싸고 있는 이 물리적인 모든 가치들을 만들어 놓고 떠난 맥스웰과 하이젠베르크를 그리워합니다. 살아있는 호킹은 비밀을 너무 많이 알아버린 죄로 지금도 휠체어에 의지해 따뜻한 햇볕을 그리워하고 있습니다. 수많은 빅뱅의 거품과 왜곡된 차원 들이 뒤얽혀 인간이 바이러스가 되고 저 환형동물이 새가 되고 새 가 다시 사천왕이 되고 내가 당신이 되고 당신이 또 다른 하늘이 되는 그런 미지의 세계에서 오직 당신만이 저를 지탱해오고 있는 힘인지도 모릅니다. 우리의 기억의 한계가 얼마 되지 않는다는 것 이 얼마나 다행인지. 그 모든 것을 기억한다면 제 뇌는 이미 터져 버렸을 것 같은 생각이 듭니다.

당신도 역시 저를 사랑한다는 것을 안 것은 불과 며칠밖에 되지 않습니다. 그러나 우린 너무 멀리 시간과 공간을 분리해 지금껏 떨어져 살았지만, 저 역시 거대한 물리학의 법칙 아래 허덕거리는 한 인간이라는 것을 깨달은 것 역시 얼마 되지 않습니다. 존재가 비존재의 경계를 넘어 이 세상이 마지막이 아닐 것 같다는 생각을 한 지는 얼마 되지 않습니다. 당신의 존재로 나의 가치가 더욱 빛나고 나의 가치로 당신이 존재한다는 것을 깨달은 것은 얼마 되지 않습니다. 끝없이 펼쳐진 저 호수의 잔물결을 바라다보노라면 우리 역시 깊고 푸른 물에서 나와 내 몸의 수분이 다 하고 모든 피와 뇌수와 정액마저 다 쏟아 낼 때 그리고 그런 것들이 날개를 타고 사라질 때 저 태양의 따뜻한 빛이 에너지가 되어 비를 내리고 가슴속에 뛰는 심장을 다시 돌릴 것입니다.

이제 곧 따뜻한 봄이 오고 태양으로부터 찬란한 빛과 사랑이 지상에 도달할 것입니다. 그래서 제가 지난겨울 가늘게 쪼개었던 시간을 다시 적분해서 재구성하기까지 당신은 기다려 줄 수 있습니까? 수많은 틈과 새어나갈 것 같은 이 시간의 파편들을 하나도 버리지 않고 다시 모아 다가올 찬란한 봄에는 당신의 아름다운 모습을 다시 구성해 제 가슴으로 다시 들일 것으로 약속드립니다. 살아 있는 모든 것들에 대한 축복을 그리고 당신이 있는 그 공간과 시간과 잊어버린 하나의 추억에 행복이 깃들기를 기도드리겠습니다. 이제 이 겨울도 곧 그 차가운 힘을 서서히 잃어 가겠지요. 그리고 찬란히 다가올 봄에게 그 자리를 내어 줄 준비를 할 것입니다. 그러나 저는 한 가지 깊은 딜레마에 빠져 있습니다. 밤마다 꾸는 꿈속에는 당신이 희미한 미소를 띠고 있지만, 당신은 도대체 누구십니까?

(2004)

Feedback

이제 당신은 행복하십니까? 언제나 당신의 눈 속에 그렇게 갈망하던 행복이란 생각을 이젠 가슴 깊이 묻고 영원히 쉴 수 있지 않습니까? 당신의 주위에 있던 모든 것들이, 사물들이, 인간들이, 당신과 이별을 하고 당신을 배신하고 저 멀리 떠나 버렸을 때 저는 그 깊고 푸른 안갯속으로 자신을 맡기며 사라지던 당신을 기억합니다. 당신은 조용히 발자국을 떼면서 숨을 깊이 들이마시며 그 호수와 하나가 되었지요. 당신의 뒷모습에서 아주 조금은 낯선 그리고 그 옛날 눈 덮인 나의 작은 산으로 오르던 당신이 생각납니다. 그 시절엔 당신의 모습이 그 저물어 가던 산과 너무나 잘 어울려 당신이 산이 되고 산이 당신의 한 부분이 되는 것 같은 착각이 들곤 했지요. 이제 그 산과 호수는 당신의 그 모습이 아니었지만, 오직 당신만이 그 모든 것을 다 가져도 전혀 아깝지 않을 것 같았습니다.

알러지

당신은 제게 이야기했습니다. 당신도 이 세상을 구성하고 있는 조그만 객체의 일부분에 지나지 않는다는 것을 안 것은 얼마 되지 않았다고요. 그 말을 할 때 당신의 배경에는 해가 지고 있었고 저 멀리 보이는 산 능선에는 붉게 낙조가 지고 있어 당신과 그 어둠의 시초가 도대체 구분되지 않았습니다. 그리고 갑자기 저 심해 속에서 솟구쳐 오르는 슬픈 감정이 제게 해일과 같이 덮쳐 왔습니다. 오직 당신만이 무엇인가 이 세상의 다른 것들과는 다를 것으로 생각했던 그 미완의 믿음이 깨어지는 순간이기도 했고요. 이제 세상은 없습니다. 그리고 저도 없어졌습니다. 오직 침묵만이 이 산속을 가득 채우고 새소리와 바람 소리와 따뜻한 한 줌의 햇살로 하여금 영원하다는 것을 부정하는 참으로 어리석은 부끄러움만이 남아 이 세월을 어쩔 수 없는 슬픔으로 남습니다.

무엇입니까? 이제 당신은 무엇이 되시렵니까? 그 모든 것을 놓고 손으로 하여금 부끄럽게 하고 모든 시대를 치열하게 살았던 혁명가들과 수많은 의지의 충돌들이 인간의 조건을 부정하며 부조리한 산출물들을 쏟아부을 때 그것들에 대한 깨끗한 마음의 청산이 되렵니까? 우린 때로는 보이지 않는 파동을 들으며 마음이 차분해지고 감정의 기복이 생깁니다. 내가 내가 아닌 것이 당신 또한 옛날의 당신이 아닌, 오직 개념으로만 남아, 잠을 자면 그 속에서 당신이 다가와 오래전 이야기를 살며시 들려주고 이제는 기억 속의 화석으로 남아 있는 옛날의 어리석음으로만 말합니다. 이제 어떤 기하학을 동원해도 우리가 속한 이 공간의 진실된 면을 해석하는 데는 어려움이 있을 것 같습니다. 내가 당신과 조금은 떨어져 당신을 바라볼 때 당신은 당신으로 보이는데 그 옛날 당신의 왜곡된 허상을 나는 당신이라고 기억하고 있습니다. 완벽한 당신의 모습을 바라볼 재주가 내겐 없습니다. 인간은 누구나 당신과 같이 조금은 흩어진 모습을 그리워하는가 봅니다. 그리고 당신이 보여준 그 생략된 모습을 나는 당신이라고 계속 생각하며 위로를 받고 있습니다.

이제 유월입니다. 제가 기억하는 북한강 그 깊은 수풀의 그늘 속에는 생명들이 익어가고 그 도도히 흐르는 강물 앞에 옛적에 싯다르타가 고민하며 회한을 풀었던 그 생명들의 사슬이 존재하지는 않을까요? 지금도 아프리카 초원에는 맹수들이 약한 짐승을 노리고 잔잔한 물속에는 악어들이 숨어 먹이를 노리고 있고 건기를 떠나 먹이를 찾아 떠나는 초식동물들은 먼 여행을 합니다. 저는 꿈속에서 맹수가 되기도 하고 초식동물이 되기도 하고 그래서 내가 나를 뜯어 먹는 무서운 현실과 마주치곤 합니다. 당신이 지금 지인들과 어울려 마시는 술은 당신을 마시고 당신을 용서하고 모두를

알러지

용서하고, 그리고 모든 것을 받아들일 수 있는 모멘텀이 되기도 합니다.

이제 당신은 지친 당신의 육체를 당신이 가진 유일한 공간에 누이고 있는지 모릅니다. 밖은 아주 어두워지고 오랜 시간이 지나 창가에 빛나던 빌딩들의 불빛들도 하나둘 사라집니다. 밤이 사그라지고 새벽이 오면 이 화려한 불빛들은 동틀 무렵의 라스베이거스처럼 그 초라함으로 다가오겠지요. 이제 아주 푸른 안개만이 이 도시를 그리고 내 가슴속에 항상 빛나는 별들을 호위하고 그 숲과 산속에서 당신을 기다리고 있을 것입니다. 아주 오래전 당신을 보았을 때 이젠 다시는 당신을 볼 수 없을 것이란 예감이 들었고 그것이 맞아 들었습니다. 난 저 창 속에서 당신의 지친 육신을 보고 있습니다. 이제는 주름이 지고 늘어진 가슴이며 사라진 곡선이며 열역학 제2 법칙을 거부하지 못하는 당신의 육신 속에서 저는 또 한 번 물리학의 위대한 승리를 보고 있습니다. 수많은 풀리지 않은 Topology적 추측과 같이 당신의 몸과 마음도 저에게는 단순히 가슴속에 남을 추측으로 남아 있습니다.

그 감동의 기억을 저는 소중히 가지고 있습니다. 넓은 들판 그리고 그 속에서 본 하늘과 바람의 모습을, 그리고 멀리 당신이 걸어

가던 지평선까지. 무엇입니까? 당신은 너무 멀리 있습니다. 그리고 이러한 모든 고백이 이젠 부질없는 작업이라는 것을 너무나 모르지 않는데 당신이 떠난 그 시간 속에서 저는 다시 그 시간들을 모아서 당신의 모습을 재구성하렵니다. 그럼 당신은 중세교회의 모자이크처럼 약간은 균열되지만 온전한 모습으로 제게 부활할 테니까요? 당신이 제게 구원의 장을 선물한 것은 아닙니까? 멀리 아니 가까이, 오래전 아니 바로 지금, 희미하지만 뚜렷하게 당신의 그 모습을 저는 가지고 있습니다. 이제 당신은 시간 여행을 떠날 준비를 했습니다. 그리고 모든 속박에서 벗어나 영원한 자유를 얻은 것 같습니다. 아주 오래전 기억했던 모든 것들이 바로 잡은 물고기처럼 퍼뜩거리며 날뛰고 있습니다. 그러나 조금만 더 오래 두면 그들은 모두 숨이 막혀 조용해집니다.

이제 저는 당신을 용서하렵니다. 그리고 당신 또한 저를 용서하십시오. 저의 평화보다 당신의 평화를 위해 저는 이제 이 인간의 정글과 같은 네트워크 속에서 가장 현명한 방법으로 다가오는 시간을 맞이하겠습니다. 어차피 시간이란 그 비가역성으로 인해 모두를 조롱하고 모두에게 새로운 희망을 약속하는 가식을 지녔지만 모든 것을 조용히 용서하고 우리 모두를 치유하는 아름다움이 완성될 때 제가 당신께 약속했던 그 모든 풍경을 이룰 수가 있습니

알러지

다. 다시 한번 눈을 감고 그 옛날 제가 가장 행복했던 순간, 오직 내 귓전을 스쳐 지나가던 바람 소리와 내 살갗을 따뜻하게 내리쬐던 햇살만을 기억하고 싶습니다. 모든 기억 속에서 당신을 포함한 모든 인과관계를 지워버리고 그 바람 소리만 담아 가고 싶습니다. 이제 이 여름의 시작에 서서 저 푸른 숲과 산하를 보며 떠난 당신을 생각합니다.

당신은 진정 행복하십니까?

(2004)

3부

적
막

10월의 오전 햇살

꽃이 화사하다.

온 여름을 온몸으로 견디어 내고
붉은색으로 화사하게 핀 꽃

너와 닮았다.

가슴이 조금씩 뛴다.
무슨 이유로 살고 있나?

저 햇빛은 어두운 공간을 가로질러 내 눈에 들어오는데
그래서 내 눈은 그 빛을 보고 있는데

기타 소리가 청아하다.
순간순간이 흐르고 있다.

알러지

우리는 무엇을 향해 걸어가고 있나?
누구나가 갔던 그 길을
이 시간을 의지해 가고 있는가?

현이 울림이 공기의 파동으로 내 귀에 들리고
붉은빛이 더 증폭되어
내 귀는 더 맑아진다.

세월을 온몸으로 받아낸 그 시간이 또 어디로 가는가?
내 곁에 머무르지는 않고

자작나무 숲으로 가고 싶다.

(2018)

비행기에서 내려다본 숲

비행기가 서서히 온몸을 뒤틀고
날개들이 경사져 있다.

저 밑 침엽수림과 호수들
이제껏 보지 못했던 조용한 나라의 숲을 본다.

생을 살면서
잠깐씩 기억 속에서 영원히 낙인이 남아 있는 순간들

그 기억 속을 뒤집어 보고 싶다.
얼마의 기억만이 내 속에 진정한 그림인가?

알러지

사람의 목소리는
어떤 악기의 소리보다 더 아름답다.

비행기는 소리가 없다.

저 숲 속엔 정령들이 살고
떠난 네가 있고
내 진정한 자유의 영혼이 있나?

영원히 저 숲 속에 있는 겨울과 가을을 보고 싶다.

(2018)

그대가 떠난 후

내 그대를 사랑한다고 수없이 생각한다.

내 숨결도 내 눈빛도 그대를 향해 있다.
언제나 잊을 수 없는 그대의 실루엣

우리가 살아왔던 그 수많은 시간들은
어떻게 이어져 왔던가?

이제 이 호젓한 공간을 떠나 저 영원한 시간들을 벗 삼아
어느 차원을 넘어 진정한 자유를 누리려고 갔나?

알러지

어둠이 몰려오고 갑자기 두려움이 온몸을 감싼다.
햇살은 어디로.

저 겨울 냇가에 물안개가 피는 저 겨울 아침에
홀로 서 있는 성자 같은 새처럼
나도 이 공간 속에 그냥 서 있어야 하나.

(2018)

새벽

모두가 잠들어 있다.

산속에 사는 새들도
언덕을 기어오르던 바람도
숲 속의 나무들도

깊은 너의 마음속에도 잠들어 있지 않은 것들이
이제 모두 내려놓고 눈을 감았다.

알러지

인간의 관계 속 네트워크도
잠들어 있다.

어머니 뱃속의 따뜻함이 그리워
모두들 잠들고 있다.

베란다의 꽃들도 잠들고
저 하늘에 있는 별들도 잠잔다.

오직 내 속에서
활화산처럼 솟아나는 당신을 향한 그리움만
잠자지 못한다.

(2018)

치열한 삶

그대

목숨을 바쳐 이루려고 한 것이 있나?

잠을 자지 않고 몸이 굳어갈 때까지 무엇을 이루려고 해 본 적이 있나?

이 세상에 흔적을 남기기 위해 그런 것이라면

아니면 차라리 이 세월을 잊기 위해 그런 것이라면

이제나저제나 바다에서 파도가 치는 것을 그냥 바라다만 볼 것인가?

따사한 햇살이 그리운가?

무엇을 향해 지금까지 왔는가?

저 하늘 속에 있는 진정한 자유를 위해

무엇을 위해 너는 지금까지 버티어 왔나?

알러지

하루를 위해
그냥 하루를 위해

피아노 소리를 듣고 싶다.
유년에 듣던
그 청아한 현의 울림을

노르웨이로 가고 싶다.
뭉크를 보고 싶다.
그리고 그 긴 겨울을 내 몸으로 받아내고 싶다.
길가에 선술집에서.

(2018)

가을비

가을비는
여름의 그 치열했던 삶을 잠시 식혀주고
다가올 겨울의 눈을 준비한다.

가로수에 낙엽들을 더 빛나게 한다.
하늘은 어둡다.
그리고 비가 내린다.

강둑에도
저 들판에도
저 산에도

알러지

그리고
내 깊은 공간과 영원한 시간에도.

아무도 살지 않는
깊고 깊은 산속에서
이 비를 맞고 싶다.

그땐
그대가 잠시 찾아오지 않을까?

(2018)

별빛 내린 가을

우리는 별의 자손들이다.
별의 폭발로 생겨나 내 몸을 구성하는 모든 원소들이 생겨나고

약간의 시간을 부여받아
가슴의 상처도 받고
때론 희열도 느끼지만

결국 다시 별로 돌아간다.

내 아버지 어머니도 별의 자손이었고
내 아이들도 별의 자손이다.

별로 다시 회귀할 때는
내 의식 속의 모든 것이 다시 원소로 환원되어
다른 별이 되고
그 별은 다시 폭발하여
다른 사람이 된다.

알러지

그대는 어느 별에서 왔나?
유다의 젊은이

서른셋에
온몸이 사자에 찢기는 임팔라처럼
홀홀히 떠난 그대여

이제 어느 별에서
나를 내려다보고

이 가을의 길목에서
다시 눈 내린 겨울을 맞이하려고 하나?

(2018)

노을

하늘이 타고 있다.
불타는 하늘로 새 떼가 날아간다.

숲은 바람에 흔들리고
그대를 생각하는 내 마음도 흔들린다.

노을 속으로 그대가 녹아 들어간다.
찬란히 빛나던 시절의 그대여

우린 언제나 힘들어 했는데
그래서 자작나무 숲으로 들어가기를 원했는데

이제 내 상념도 믿음도
모두 내 뇌 속에서 흔들리는 전기적 신호의 파동이란 것을

알러지

그래도 그대는 어떤 의미를 지닌다.
우주의 끝 밖에 있을지도 모를 그대는

생명은 왜 태어나
이런 시간을 부여받아
수많은 관계 속에서 커가다 소멸하는가?

노을 속에서
그대가 다시 사라지듯이

나 역시 언젠가 사라져
내가 겪은 모든 것들이 허상이란 것도 모른 채
원소의 끝단으로 회귀하리라

이 역시 내가 보는 허상인 것을 난 안다.

(2018)

끝이 없는 길

길은 길로 연결되어 다른 길을 만난다.
그러나 당신이 서 있는 그 길은 다른 길과 만나지 못한다.

온통 숲과 나무와 작은 시내로 둘러싸여
길은 없으며 덤불과 쓰러진 고목으로 막혀 있다.

어디로 가야 할지 모른다.
숲이 너무 넓어 길을 찾기가 어렵다.

여기서 당신을 영원히 기다려야 하나?
이 숲에 사는 정령들이 있다면
그대를 저 하늘의 어둠 속에서 구할 수도 있으리라

알러지

하늘은 공활하고 너무 넓다.
내 인식의 범위 속에서 그냥 넓은 것이다.

오늘은 이 숲에서 지내야 할 것 같다.
혹시 늑대나 곰이 찾아올지도 모른다.

그러나
그들이 내 몸을 찢으러 올지 친구를 하자고 올지
나는 모른다.

그냥 그들은 맞이할 뿐이다.

(2018)

인간의 길

인간의 길이란 있는 것인가?

인간이 다른 생명과 다른
인간만의 길이란 있는 것인가?

끝없는 투쟁과 상처 속에서
우린 지쳐간다.

그래서 소멸할 때까지 서로를 이해하지 못한다.

진정 인간만의 길이란 것이 있는 것인가?

(2018)

떠나는 자와 남는 자

가을이 왔다.
바람도 서늘하다.

기차역에 앉아 먼 들을 바라본다.

바람이 부는 소리
잎이 대지에 떨어져 흩날리는 소리
그리고 우리가 아주 옛날 맹세하던 소리

그리고
사랑한다고 이야기했던 그 말들은
이미 허공에 흩어져 사라졌다.

가을이 이미 점령군처럼 깊숙이 들어와 버린 지금
난 어디로 갈지 모르는 미아처럼
이 숲 저 숲 저 길을 가야 하나

알러지

자작나무 숲은 새를 키우고 있다.
아주 어린 새

무엇이 그들을 작은 새로 만들었나?
나는 왜 인간으로 태어나 인간의 길을 생각하나?

이제 기차가 오고 떠나면
가는 자와 남는 자가 결정될 것이다.

그러나
그 기차는 그냥 허공을 휘젓고 앞으로 나갈 뿐이다.
마치 시간이 뒤로 가지 못하고 앞으로만 가는 것처럼

그것도 나의 허상인가?

(2018)